U0651560

Channel A 系列 04

我们都是丑小鸭

张小娴 经典作品

全新修订本

湖南文艺出版社
HUNAN LITERATURE AND ART PUBLISHING HOUSE

博集天卷
CS-BOOKY

自 序

心中的丑小鸭

最近读到台湾书评人写的一篇书评，对方说，喜欢我的作品中那个沉溺的我。

我果真是个沉溺的人吗？有时候，我认为自己是太清醒了。人太清醒，把身边的人看得太清楚，就会有痛苦。我爱一个人的时候，从来不是盲目的，不像一些人，以为他们所爱的人是天底下独一无二的宝贝。我爱的人，虽然也是我的宝贝，但是我清楚地知道他有多好，他又有哪些缺点。我如此爱他，并不是因为看不到他的缺点，而是我明白这个世界只有有限的完美。

我想证明自己并不沉溺,然而,有一天,连我身边的好朋友都说:"你是沉溺的,沉溺爱情。"

我对情人清醒,对爱情沉溺,那我是一直跟自己恋爱吗?

这一辑的 Channel A,或许能证明我也有不沉溺的时候。小说里的男孩子和女孩子们从小就相识,长大之后,各自的人生也不一样。故事由他们重聚的派对开始,又在一个重聚的派对结束,这一年中间,许多事情却已经不一样了。

成长的故事,从来都是欢愉与痛苦的交织。无论我们长得多么大了,有时候,我们还是想变小,变小了,就可以回去那个简单的年代,逃避作为成人所要面对的无奈和苦涩。小的时候,我们却是巴不得快点长大的,长大了,就可以享受作为一个成人的自由。

到底要长多么大,才可以同时拥有成人和孩子的好处?这也许不过是我的痴心妄想。我终究不得不承认,我是沉溺的,不是对爱情沉溺,而是对没有的东西沉溺:比如完美的爱情和永恒的诺言。

不管已经多么大了，我心中也有一只丑小鸭，它是我还未蜕变的一部分，有时会耽溺在自己的伤感里，有时会自怜，有时又会太天真。然而，因为有它，我才了悟自己的确已经长大了，这只丑小鸭，要好好地藏起来。

张小娴

二〇〇三年三月十日于香港家中

我 们 都 是 丑 小 鸭 ⑴⑴⑴⑴⑴⑴⑴⑴⑴⑴⑴⑴⑴⑴⑴⑴

目录 Contents

Channel A

序 幕

其实，我们都是丑小鸭。
都在等待蜕变。
有一天，当我们蜕变了，
却又会怀念丑小鸭的日子。

圣诞节前，何祖康收到一张卡片。他以为是谁寄来的圣诞卡，打开一看，里面是一张生日派对邀请卡，署名叶念菁。他想了好一会儿，才记起是谁。叶念菁是他以前在儿童合唱团的同学，她长得很胖，又是个大近视，毫不起眼，难怪他记不起来。那时她常常黏着他，但他就是没法爱上一个小胖子。他喜欢的是苏绮诗。许多年后在漫画社附近的德国蛋糕店再见到苏绮诗时，她出落得更漂亮了；可是，她当时爱着的是另一个人，然后，某一天，她跟蛋糕店一起消失了。

他本来不打算去参加叶念菁的派对的，在漫画社里赶稿的时候，他愈来愈心不在焉。终于，他拿起背包，飞奔到街上拦了一辆出租车。

车子戛然停在一盏红色交通灯前面，快要开始播 Channel A 了，派对会不会已经结束？自从德国蛋糕店关门之后，他再也没见过苏绮诗。今天晚上，她也会去吗？他好想再见到她。

那盏红灯偏偏地老天荒地亮着。

餐厅二楼的灯一盏盏熄了，彩色的气球零星地飘飞到天花板。叶念菁解她绑在椅背上的一个红气球时，何祖康气喘吁吁地跑了上来。

她听到声音，转过身去，两个人对望了好一会儿，她问：

"你是何祖康？"

"你是——"他觉得她很面熟，却记不起她是谁。

"我是叶念菁。"

他愣了愣，无法相信眼前的女孩子就是叶念菁。她很窈窕，上身穿着一件深红色斜扣的衬衣，颈子上绑着一条绿色丝巾，下身穿着一条黑色伞裙，戴着一条水钻腰带，脚上穿着一双红色尖头高跟鞋。她有一把栗子色的长发，五官干净利落。

她笑笑说："你不认得我吗？"

"你变了很多。"

"他们也是这样说。"

"他们都走了吗？"

"都走了，我们还以为你不来呢。"她把手上的红气球又绑在椅背上，问，"你吃东西了没有？这里还有蛋糕。"她指指剩下的半个拿破仑饼，说，"我去请他们开灯。"

她走下楼梯。过了一会儿，二楼的灯亮起来了。

她沿着楼梯走上来，说："你没怎么变啊！还是有一双大眼袋。"

他腼腆地笑了笑。

她一边切蛋糕给他一边问："你要不要吃点热的东西？"

"不用了，我吃蛋糕就可以。"

她走去拧开了音响，"Concerto of Love"（《爱情协奏曲》）在空气里流荡。

"记得这首歌吗？"她问。

"当然记得，我们那年去罗马表演就唱这支歌。"

他低头吃着蛋糕，有一点不自在，眼前人改变得太多了。他不知道怎样跟她相处。

"苏绮诗有没有来？"过了一会儿，他问。

"我丢失了她的电话号码，找不到她，她又没有跟其他人联络，大家都不知道她现在做些什么。你有她的消息吗？"

"我最后一次见她，差不多是一年前的事了，那时她在一家德国蛋糕店里工作。"他说。

他原以为来这里或许会有她的消息，没想到是更渺茫。

"她长得很漂亮，男孩子都喜欢亲近她，对吗？"

"你也漂亮。"

叶念菁粲然地笑了："真的？"

他尴尬地点头。

"刚才他们每个人都问我是怎样减肥的。"

"那你到底是怎样减肥的？"

"那是一个长篇故事。"

在流转的歌声里，她回到了从前的时光。

那时候，她架着一副大近视眼镜，人又长得胖，看上去有点笨拙。她喜欢亲近何祖康，他却不大搭理她。

那一年，刚刚踏入青春期的何祖康，嗓子变低沉了，没法再唱男高音，只好退出合唱团。

在欢送会上，好几个女孩子都哭了，唯有她没有掉过一滴眼泪，坐在一角不停地吃东西。

欢送会结束之后，她悄悄跟着何祖康回家。夜已深沉，她躲在他家楼下的电线杆后面，偷偷望着二楼窗边的他。终于，他家的灯熄了。当她满脸泪水回过头去的时候，她看到团里的朱哲民躲在另一根电线杆后面。

"你为什么会在这里？"她问。

他低着头羞怯地从电线杆后面走出来。

她忽然明白了："你也是来看何祖康的吧？原来你喜欢男孩子。"

他的脸红了，连忙说："我不喜欢男孩子的。"

她用手揩去脸上的泪水，说："今天晚上的事，不要告诉别人。"

他点了点头，一副会很忠诚为她守秘密的样子。

她从书包里掏出一排巧克力，问他："你要吃吗？"

他摇了摇头。

她吃着巧克力，打他身旁走过，说："那你来这里干什么？"

身后一阵沉默，她回过头去，发现他依然站在那里，羞涩地望着她。

她舔着手指头上的巧克力碎屑，问："你不会是喜欢我吧？"

她和他在团里一起许多年了，她从来不曾察觉他喜欢她。

那一刻，他没回答。

"你不可能喜欢我的。"她瞧了瞧自己那十根胖胖的手指头，沮丧地说。

"你很可爱。"他说。

"因为我胖，所以你才会说我可爱。胖子是用来逗人发笑的。"她托了托近视眼镜说。

"你的歌声很动听。"

"不可能的。"她转过身去，继续往前走。

"你为什么不喜欢你自己？"他在后面喊。

她站着，回过头来望着他，脸上的泪珠一颗颗掉落在她胖胖的手指间。

那一年，她十二岁。

爱情降临的时候，她决心要减肥。

可是，她太快乐了，反而愈来愈胖。既然他没嫌她胖，她就不那么介意自己的身材了。她不是没试过节食，可那样太痛苦了。

十五岁生日的那天，朱哲民跟她在一家小餐馆里吃饭庆祝。那是他们常去的地方，东西好吃又便宜。她最喜欢那里的罗宋汤和夹着大片牛油的甜餐包。

她一直期待着朱哲民的礼物。吃完甜点之后，他仍然没有一点表示。当服务生把盘子收拾干净之后，他突然从口袋里掏出一个鲜鸡蛋来，说："你可以让鸡蛋站着吗？"

"嗯？不可能吧？"

她小心翼翼地把鸡蛋放在铺了红格子桌布的桌子上，鸡蛋倒下来了。

一次又一次，无论她多么小心和专注，鸡蛋还是倒下来。

"让我来试试。"他说。

他轻轻地把鸡蛋放在桌子中央，鸡蛋还是倒了下来。

"不行的。"她说。

再一次，他憋着气，很小心地把鸡蛋放在自己那边的桌角。那个鸡蛋竟然能够站着。

"你是怎么做到的？"

他神气地笑笑："秘诀就在桌布下面。"

她愣了愣，拿起那个鸡蛋，掀开桌布，看到桌布底下放着一枚亮晶晶的银戒指。怪不得鸡蛋可以站着。

"生日快乐。"他朝她微笑。

"原来你是早有预谋的！"她拿起那枚戒指，套在右手的无名指上。戒指好像小了一点，她使劲地把手指套进去。

"你什么时候把戒指放在桌布下面的？"她问。

"就在你上洗手间的时候。"

"可是，我只有十五岁，现在还不可以嫁给你。"她把右手放在眼睛前方，望着戒指，甜丝丝地说。

"将来求婚的时候，我会买一枚更漂亮的。"他说。

"这个已经很漂亮了。"她望着他，眼里漾着感动的泪花。

"等到我二十岁，你再向我求婚好吗？"她说。

他情深地点了点头，很坚定的样子。

她以为这样子的爱情是天长地久的。可是，初恋原来是不可能圆满的。

她十七岁的那年，朱哲民爱上另一个女孩子。有段时间，她觉得他有点异样，却从来不敢问为什么。她害怕知道真相。她想逃避，他却不让她逃避。那天是她十七岁的生日，在同一家餐馆里，他没为她准备礼物，一直也显得心不在焉。没等甜品来到，他就结结巴巴地对她说：

"我们分手吧。"

"为什么？"她颤抖着声音说。

他没回答。

"是不是我有什么不好？"

他没回答。

"你说吧！我可以改的。"

"不是你的问题。"

"你是不是认识了别的女孩子？"

"我觉得我和她比较合得来。"

"她是不是长得比我漂亮？"她可怜兮兮地问。

他沉默。

在那家小餐馆外面，她哭着把那枚戒指脱下来扔给他，说：

"我以后也不想再见到你！"

他站在那里，接不住她的戒指，避开她的目光。

她哭得死去活来，一边哭一边走上去，弯身拾起那枚跌在他脚边的戒指，头也不回地走了。他没追来，以后也没有。

分手后的一个晚上，她躲在他家楼下的一辆货车后面，偷偷追悼他在窗前的背影。货车司机开车的时候,她还不知道。
车一开,她的衣服被货车钩住,给拖在地上走了一段路,直到
司机听到她喊救命的声音,才急急刹车。

她吓得只懂哭,以为自己会死。幸好她身上的脂肪多,成
了最好的软垫,只是擦伤了手和脚。

"死肥妹!你想害死我吗?"那个其实也很胖的司机跳下车,
凶巴巴地骂。

她坐在地上,看着被扯烂了的裤子,眼泪一大把地涌出
来。在最苦的日子里,她想过死,然而,就在这一刻,她才知
道自己一点也不想死。

一个荒凉的夜里,她重又把戒指套在右手无名指上,悼念
那个年少的盟誓。

床上的被子翻开了,她看到自己那两条胖胖的大腿和满是
脂肪的小肚子,还有那一床陪她捱过失恋日子的零食,突然明
白他为什么不爱她了。要是她是男人,她也会嫌弃自己。这样
子下去,连她自己都不爱自己了,还有谁会来爱她。她一定要

争气。

三年来，她努力读书，也努力使自己瘦下来。减肥的过程很苦，但苦不过那种嫌弃自己的感觉。一旦熬过了，她已经不记得每天只吃几口饭几棵菜那段有如世界末日的日子。她大学入学试的成绩，好得任何一个学系都愿意录取她。她选择了音乐系。

高一米六五的她，现在只有五十公斤。

半年前，她跑去做了激光矫视手术。不用再戴眼镜的那一刻，她知道自己是漂亮的。

朱哲民不是答应过等她二十岁生日那天向她求婚吗？

她听说他也上大学了。她吃了那么多苦头，就是要等这一天。当他看见脱胎换骨的她，一定会后悔当初放弃了她。

音响里流转着披头士的"Yesterday"（《昨天》）。

"这是比我们老好几倍的歌啊！"她说。

"披头士已经有两个人不在了。歌比人还要长久。"何祖康说。

"从来都是这样。"她说。

朱哲民以前就很喜欢听她唱"Yesterday"，那时候，只有约翰·列侬不在。

一个月前，她开始寄出生日会的邀请卡，其中一张，是写给朱哲民的。

三年来，她就是为了这一刻而努力。

到了最后一刻，她却没有把那张卡片寄出去。

她思念自己曾经那么痴痴地爱一个人，几乎赔上了生命。可是，她突然发现，她已经不需要向他证明一些什么了。

离开餐厅的时候，她问何祖康："你最近在画什么故事？"

"一个爱情故事，是我第一次当主笔。"他说。

"是怎么样的一个故事？"她好奇地问。

"只是很初步的一些想法，还没决定。"他耸耸肩，"想故事真的很难。"

"不如写一个丑小鸭的故事。"她提议。

"丑小鸭？"

"其实，我们都是丑小鸭。"她望着头顶上的红气球，说，"都在等待蜕变。有一天，当我们蜕变了，却又会怀念丑小鸭的日子。"

自从消瘦了之后，她的手指也瘦了，朱哲民送给她的戒指变得很松，她一直把它放在抽屉里。

今天，她把那枚银戒指擦拭过，放在一个红气球里。

人为一个目标而努力，最后却发现那个目标已经不再重要，毕竟会有点空虚。

也许，所有的初恋都是丑小鸭，我们会怀念当时的脆弱和寒碜；后来的爱情，是羽化了的天鹅。

丑小鸭的阶段却是避不过的。

那个红气球摇摇曳曳地飘向远处的高楼大厦，把那枚晶亮的戒指带到天际。

她知道，以后的爱情也跟以前不一样了。

从前，朱哲民爱的是原本的她。

以后，男孩子爱的，是今天的她。

Channel A

第 一 章

小 天 使

你要认识你自己，

才能爱别人。

来到奥卑利街这家意大利餐厅时，林希仪不禁有点失望，杜飞扬不在这里。

许多年没见了，每个人都好像一下子长大了，叶念菁走过来挽住她的手——叶念菁瘦了很多，不再是从前的小胖子了。

"你妹妹现在做些什么，她会不会已经当上哈佛大学的教授？"叶念菁问。

"我猜她现在是霍金的助手！"柯纯说。

"她很好。"林希仪边说边把外衣脱下来。

这时候，徐可穗突然提出一个问题："你们知道当今世上三个智商最高的人现在做些什么吗？"然后，她说："两个在疯人院里，一个自杀死了。"

大家听到了天才的遭遇，禁不住一阵叹息。

"天才和疯子只是一线之差啊！"柯纯说。

林希仪却在想，这三个人会不会是跟魔鬼交换了灵魂的？时候到了，就要把灵魂拿出来。

歌德的《浮士德》里，浮士德向魔鬼出卖自己的灵魂来交换知识。曾经，林希仪也甘愿以灵魂换取智商，她要她妹妹林于然的智商。

当妹妹还在妈妈肚子里的时候，妈妈告诉她，很快便有一个妹妹陪她。妹妹出生之后，林希仪才知道那是个骗局。妹妹不可能成为她的玩伴，她们相差太远了。

孤僻的林于然只肯亲近姐姐。她画的图画跟正常人并不一样。当她画人的时候，她画的是人体每个器官，还有血管和肠子；当她画一辆车的时候，她画的是零件而不是一辆完整的车；当她画一双鞋子的时候，她画的是鞋底。

林先生和林太太非常担心，以为自己生了个有问题的孩子。他们决定带她去见专家。

经过一连串测验之后，专家们发现这个只有四岁的小女孩的确异于常人。她的智商高达一百九十八。

林先生和林太太开了一爿五金店，一辈子勤勤恳恳，智力中等，对于自己竟然生出了一个天才儿童，不禁大吃一惊。当天晚上，他们连忙把林希仪画的图画翻出来研究。当他们发现她画的人没有分裂成五脏六腑，画一辆车的时候也没把车子解剖，可想而知他俩当时有多么失望。从那天开始，这对夫妇所有的注意力都落在林于然身上，他们唯恐自己毁掉一个天才。

林先生和林太太买了许多自己都看不懂的书给林于然看。在亲戚朋友与新相识之间，他们不免也会夸耀一下这个他们在某个夏夜中制造出来的"杰作"。林希仪与妹妹同睡一个房间，她睡在上铺，妹妹睡在下铺；可是，她们之间的距离却愈来愈遥远了。

一天午夜，林希仪醒来，发现妹妹爬到她的床上，坐在她脚边，怀里捧着一本厚厚的书，神经兮兮的。

"你干什么？"她问。

"姐姐，我可以跟你睡吗？"

"不可以。"她说。

"为什么？以前就可以的。"

"因为现在我们不一样了。"她冷冷地说。

林于然可怜巴巴地望着她。

她心软了，掀开被子，说："好吧！"

林于然雀跃地爬进被窝里，脸朝着她姐姐躺下。

"姐姐——"

"又有什么事？"她有点不耐烦。

"地球会微微升起，迎接我们迈出的每一个脚步。"她的小手搭在姐姐身上，幸福地合上眼睛，嘴边犹挂着一个微笑。

林希仪听得一头雾水。她已经习惯听不明白妹妹的话。毕竟，这个四口之家里，只有一个天才。

后来，她发觉妹妹还是有一个好处的，就是可以替她做功课，尤其是她最害怕的算术。另一个好处，就是当她想要任何东西的时候，只要说是妹妹想要的，爸爸妈妈一定不会拒绝。

她想养一只绿鹦鹉，就说是林于然想要的。

那只绿鹦鹉也真够势利眼，来到他们家之后，它只喜欢亲近林于然。

"姐姐，我为它起了名字，叫'阿波罗'好吗？"一天，林于然让绿鹦鹉站在她手掌上，跟林希仪说。

"随便你吧。"她没好气地说。

林希仪十岁生日的那天，放学之后，她兴高采烈地跑回家，以为会像往年一样，有一个生日蛋糕在等她。

当她推开门之后，发现除了桌子上的生日蛋糕之外，什么也没有。这个时候，电话的铃声响起，她拿起话筒。林太太在电话那一头说：

"希仪，有一位美国专家来了香港，他是研究天才儿童的权威，明天就要走了。我们和妹妹现在等着见他。你自己吃蛋糕吧。"

"今天是我的生日呢！"她生气地说。

"这件事对妹妹很重要的。抽屉里有五百块钱，你拿去买礼物吧。"

她悻悻地挂断电话，把那个生日蛋糕扔进垃圾桶里，踩了一脚。

"妹妹！妹妹！"那只绿鹦鹉在笼子里不停地叫。

她狠狠地盯着它。

初秋的一天，家里只有她们两姐妹。

"姐姐，我想去公园。"

"公园不是天才去的，你该留在实验室里。"她趴在床上边打游戏边说。

"我想去。"林于然站在床边，皱着眉，拉拉她姐姐的衣袖说。

"好吧。"

两姐妹来到公园，林于然兴奋地在草地上乱跑。

"我去买冰激凌，你不要走开啊！"林希仪说完之后走出公园。

她跑去附近商场买冰激凌，经过一家店的橱窗时，她被一双红色的溜冰鞋吸引住。她走进店里，穿上那双溜冰鞋，想象自己在冰上舞姿曼妙，她一直想学溜冰，她知道自己会很出色，在这方面，她会比妹妹优秀。

买了溜冰鞋之后，她在商场溜达了一会儿，最后才施施然买了两球冰激凌回到公园。

林于然不在草地上，不在球场上，也不在跷跷板那边。林希仪的心凉了半截，一边找一边喊妹妹的名字。手上的冰激凌融掉了，她愈走愈慌。丢失了妹妹，爸爸妈妈一定会杀死她的。她几乎要哭出来了，忽然间，她听到有人喊她。

"姐姐！"

她回过头去，看到林于然蹲在水池旁边。

"你到哪里去了？"她问。

林于然气定神闲地说："我一直都在这里看人家放小船。"

那一刻，她才明白，妹妹是不可能丢失的。

后来有一天，林希仪从合唱团练习回来，看到林于然很伤心地坐在窗台上。

那只绿鹦鹉的笼子打开了。

"阿波罗不见了。"林太太说。

"今天早上我出去的时候，它还在笼子里的。"林先生说。

"我们再买一只给你好吗？"林太太跟林于然说。

林于然用力地摇头，然后从窗台上跳下来，跑进房间里。

过了一会儿，房间里传出一声尖叫。

林先生和林太太连忙冲进房间里。林于然抱着头在床上翻滚，很痛苦的样子。

"我的头很痛！"林于然喊着说。

"别怕，妈妈在这里。"林太太把女儿紧紧地抱在怀中。

"妈妈，我明天要到团长家里玩。"林希仪站在房间外面说。

"妈妈带你去看医生。"林太太用毛巾小心地帮林于然抹汗。

林希仪忽然明白，没有人在乎她明天要去哪里。

团长杜卓山买了一套新的公寓，这天特地请合唱团里的同学到他家里开派对。杜太太在团里负责弹钢琴，是个很严格、要求很高的人，大家都有点怕她；反而团长比较和蔼可亲，像个大孩子似的。

　　大伙儿在楼下跳舞的时候，林希仪到楼上去找洗手间。她看见走廊尽头有一个房间，门是虚掩着的，里面透出一线光来。

　　她推开房门，看到一架亮晶晶的黑色钢琴，钢琴上，放着一尊小小的陶土造的天使。

　　她坐在钢琴前，十只手指头在琴键上随意地游走。不知道什么时候，她猛地抬头，发现一个男孩子默默地站在她后面。

　　"哦，对不起。"她站了起来。

　　"没关系。"苍白的男孩说。

　　"钢琴是你的吗？"

　　"嗯。"男孩点了点头。

　　"你喜欢天使的吗？"她摸摸那尊天使。

　　"我喜欢有翅膀的东西。"

　　"你喜欢母鸡吗？"

　　"母鸡？"

　　"母鸡也有翅膀。"

"哦，不。"他憨憨地摇头。

"那你只是喜欢有翅膀而又美丽的东西啊！"然后，她问，"你为什么不到楼下去，大家在跳舞呢！"

"我要练习，下星期有比赛。"

她听说团长的独生子年纪跟她差不多，钢琴弹得很出色，拿了不少奖项，应该就是他吧？

"我叫林希仪，你呢？"

"杜飞扬。"

"听妈妈说，你妹妹是个天才。"他说。

"但她不会弹钢琴啊！"她用手指叮叮咚咚地在琴键上戳了几下，问，"可以为我弹一首歌吗？"

"你想听什么歌？"

"埃尔加的《爱的礼赞》。"

杜飞扬双手放在琴键上悠悠地弹起来。林希仪靠在钢琴旁边，沉醉在他的琴声里，他的琴声有一种魅力。

那首歌弹完了，她满怀欣赏地说："你很有天分啊！"

他忧郁地把琴合上，没有说话。

"我了解你这种人。"她说。

"哦？"

"就是所谓天才啊！别人不懂的事，他们全都懂，却又还要摆出一副苦恼的样子。讨厌！"

"我有那么讨厌吗？"

"嗯！"

他默默无言。

"我说说罢了，别那么讨厌。"

他抬起头，朝她微笑。

"你喜欢溜冰吗？"她问。

"喜欢！"

"你会吗？"

他尴尬地摇摇头。

"等你比赛完了，我们去溜冰！"

那天晚上，她在溜冰场等他。杜飞扬来了，她问："成绩好吗？"

"我拿了第一名。"杜飞扬说。

"太好了！"她拉着他的手，说，"我们去溜冰。"

她和他都是头一次溜冰，没想到他一学便会，她却摔倒好几次。

"所有人都比我聪明。"她靠在场边沮丧地说。

"别这样，你也很聪明的。"他靠在她身边。

"'聪明'这两个字通常不是用来形容我的。"她苦涩地说。

"我觉得你很特别。"

"我有什么特别？"她盯着他。

他结结巴巴的，说不出话来。

"你敢吻我吗？"她问。

他满面通红。

"我知道你是不敢的。算了吧！"她转过身，踏出几步，想到溜冰场中央去。

忽然，他溜上前，在她脑袋瓜的后面吻了一下，然后飞快地从她身边溜走。

"胆小鬼！"她摸着脑袋瓜说，眼睛却追踪着他的身影。

后来有一天，杜飞扬来五金店找她。

林先生走过来，搭住杜飞扬的肩膀，说："你就是那位小小天才钢琴家吗？"

杜飞扬尴尬地缩了缩。

林于然坐在一罐油漆上面读霍金的《时间简史》，对周遭的一切全无兴趣。

林希仪和杜飞扬并肩走在公园里，她说：

"我们去吃比萨好吗？然后去看电影。我请你。"

"我请你也可以。"

"没关系，我的零用钱很多。"

"为什么？"

"因为我不够聪明！"

他耸耸肩。

"你妹妹刚才看的是什么书？"

"不知道啊！反正她看的书我没兴趣。"

"你好像不喜欢提起她。"

"你不觉得有个天才妹妹很麻烦吗？每个人都会拿你来跟她比较。"她泄气地说。

"你可以把她当成外星人的啊！"

"外星人？"

"譬如 E.T. 或者叮当。"

"我倒没想过。"

"他们根本不属于这个世界，那就不可能跟你比较了，而且还会带来很多欢乐。大雄有了叮当之后，不是很开心吗？"

她站住了，定定地望着杜飞扬，说："我为什么没想过呢？她是叮当，我是大雄。我是人，她不是。"

"对。"

"那你就是技安！"她指着他说。

"技安？技安是反派。"

"这是你想出来的，你不做技安谁来做？"

"那好吧！反派有性格！"

"我有东西给你。"她从背包里拿出一个盒子，说，"你看看。"

杜飞扬打开盒子，那是一只陶土做的杯，杯身上有一双立体的翅膀。

"是我在陶艺班上做的。"她说。

"谢谢你。"

"为什么你喜欢翅膀？"

"那就可以到处去。"

"将来当上了钢琴家，便可以到处去表演了，奥地利、捷克、意大利、法国——"

他走在她身旁，默默无语。

"不要告诉别人你喜欢有翅膀的东西。"她说。

"为什么？"

她笑了："人家会笑你的，因为卫生巾也有翅膀。"

他们走着走着，杜飞扬看到公园里有一排钢架，他跳了上去，玩起双杠来，姿态优美灵巧。

"你会玩双杠的吗？"林希仪看得傻了眼。

"我悄悄学的。妈妈不让我玩，她怕我弄伤手指不能弹琴。"

"是的，你该好好弹钢琴，你有天分。"

"但我更喜欢体操。你呢？你喜欢我弹琴还是玩体操？"他的眼睛期待着她的答案。

"我喜欢弹钢琴的你。"她坚决地回答。

带着失望的神情，他转过身去，背对她。

那一刻，她不知道自己的答案有多么糟糕。

后来，当杜飞扬没有考上茉莉亚音乐学院的时候，他也悄悄从她身边溜开了。

要很多很多年之后，她才想起自己当天的答案多么残忍。

可是，她没忘记他的话。从那天开始，她把妹妹当成叮当，但她是一个不跟叮当玩的大雄。漫画里的叮当不会长大，她只是没想到妹妹也不长大。

十二岁那年，林于然因为连续不断的头痛进了医院，医生诊断出她脑部有一个恶性的肿瘤，无法切除。

那个冬夜里，她坐在妹妹的床边，望着妹妹瘦骨伶仃的小小身躯。

"姐姐。"她张开眼睛唤她。

"你要找妈妈吗？她很累，刚刚才走。"

林于然摇了摇头，说："姐姐，我会死的。"

"不会的。你是天才，天才不会那么容易死，等你的病好了，我带你去溜冰，很好玩的。"

"基本上，我不觉得人生有什么乐趣。"她老练地说。

"你说的我都不懂。"

"姐姐。"她疲倦地吸了一口气，说，"我只想成为你平凡的妹妹。"

林希仪的眼睛红了，说："我不配，我太差劲了。你记得有一次我们到公园玩，我差点丢失了你吗？"

"嗯。"

"其实我是故意的，不过后来我又害怕。我讨厌你！讨厌你比我聪明。"

"我知道。"

"阿波罗也是我放走的。"

"是吗?"

"你会生我的气吗?"

"如果是别人,我会。是你,我不会。况且,它本来就是你的。"

她的眼泪滔滔地涌出来,伏在床边,呜咽着说:"其实我一直以你为荣!"

林于然虚弱地笑了,问:"为什么很久没见杜哥哥来找你?"

"他不喜欢我了。"

"将来会有很多人喜欢你的。"

"我也不知道我是喜欢他,还是喜欢弹钢琴的他。"

"姐姐,你知道绿鹦鹉为什么叫'阿波罗'吗?"

林希仪摇了摇头。

"那是希腊神话里的一个神啊!在希腊德尔菲的阿波罗神

庙外侧，有一句传诵千古的名言：'认识你自己！'姐姐，你要认识你自己，才能爱别人。"

"你说得太深奥了，我不明白。"

"那么，你记不记得我跟你说过，地球会微微升起，迎接我们迈出的每一个脚步？"

"嗯。"

"但你要首先迈出脚步啊！"她脸上带着苍白的微笑说。

林于然迈出了她在世上最后的一个脚步。迎接她的，是天国。自从她走了之后，林希仪告诉自己，这么聪明的小孩子，也许是误堕凡尘的天使。时候到了，上帝会来把她接走。绿鹦鹉会在那一头等她。

从此以后，每当她迈出脚步，她总是相信地球会微微升起来迎接她。妹妹给了她这个信念。

"去年，我在法国碰见团长的儿子。"吃甜点的时候，徐可穗突然提起。然后，她说："你们猜猜他现在做些什么？"

"他的钢琴弹得很好的，是不是当上了钢琴家？"孟颂恩说。

"才不呢！他在索拉奇艺坊[1]里表演杂耍！想不到吧？"徐可穗说。

怪不得这些年来没有他的消息，原来他放弃了钢琴。

这一天，林希仪在朋友那里借了一张索拉奇艺坊表演的激光影碟回家，很仔细地在屏幕上寻找他。终于，她看到了一双中国人的眼睛。

在那个奇幻的世界里，他把自己挂在钢索上，凌空飞坠翻腾。

多少年没见了？在浓妆背后，她认出她的技安来。那才是他的梦想——做一个永远不用长大的、插上翅膀的流浪者。或许，他也是误堕凡尘的天使。

那个夜里，她拿出那双很久没碰过的溜冰鞋来，她要在冰雪上再次迈出脚步。

---

[1] 世界知名歌舞剧团，自我定义为"马戏艺术和街头娱乐的戏剧性组合"。后更名为"太阳剧团"。

Channel A

第 二 章
朋 友

这个世界上，
有些东西是比爱情悠长的。

孟颂恩拉着行李箱，从机场匆匆走出来，钻进一辆出租车，跟司机说："请你快点！快点啊！"

司机回过头来问："你要去哪里？"

"哦——"她这才想起自己没有说出要去的地方，不禁笑了笑，说，"半山奥卑利街。"

她看了看手表，时候不早了。为了今天晚上这个约会，她特地提早了一天从美国回来。出租车在奥卑利街一家意大利餐厅外面停下来，孟颂恩下了车，拉着行李箱进去。她把行李箱放在楼下，双手搓揉了几下，拍拍两边脸颊，才走上楼梯。

同学们围坐在长餐桌旁边，已经开始上前菜了。叶念菁站起来，说："颂恩，还以为你赶不及回来呢！"

她看着叶念菁，几乎傻了眼。

"你瘦了很多啊！"她说。

坐在叶念菁身旁的柯纯扮了个鬼脸，说："今天晚上，你不是第一个说这句话的人。"

孟颂恩看了看，发觉少了一个人。

"徐可穗呢？她没来吗？"她带着失望的神情问。

"谁找我？"徐可穗从洗手间出来。

隔着一张长餐桌的距离，隔了数不清的年月，她们互相打量着。

今天晚上，徐可穗戴着一顶灰兔色的羊毛兜帽，紧紧地罩着头、脖子和下巴，身上穿着一袭宽松的黑色裙子，底下套了条牛仔裤，脚上踩着一双尖头平底靴子。

孟颂恩穿了一件大 V 领黑色毛衣，一条小阔腿牛仔裤。

"你的头发为什么乱得像鸡窝？"徐可穗皱着鼻子说。

"是吗？"孟颂恩从墙上镜子的反影中看到了自己的头发，

果然是乱糟糟的。她本来就很不满意这个前阵子去烫的短鬈发，今天外面刮大风，没想到就给吹成这个样子。

"你干吗戴这么奇怪的帽子？"她问徐可穗。

徐可穗摸摸自己的头，问："漂亮吗？像不像圣女贞德？"

"圣女贞德倒不像，像银行劫匪多一点。"

徐可穗咬了咬手指头，说："你还是一贯地嘴巴不饶人。"

"你也是一贯地喜欢标新立异。"

"徐可穗常常神龙见首不见尾，没想到她这阵子偏偏在香港，反而你去了美国。"叶念菁说。

"是去做一部电影的配乐工作。"孟颂恩边说边坐。

"你在做电影配乐吗？你以前就很想做这一行的。现在不是梦想成真了吗？"徐可穗坐在她旁边说。

"是啊！你呢？你做什么工作？"

"我想开一家精品店，不过，只是想想罢了。"

"为什么不试试？你的品位一向很独特。"

"你也觉得可以？"

"嗯，你蛮适合的。"

"只有你一个人支持我。"徐可穗笑了，凑到她耳边说，"今天晚上的甜点是拿破仑饼。"

"真的吗？"她已经许多年没吃过拿破仑饼了。

派对之后，徐可穗手上拎着两个红气球，从餐厅走出来，孟颂恩拉着行李箱，走在她旁边。

"还是 Amigo 的拿破仑饼好吃！"徐可穗说。

"就是啊！"

"要我帮你拿吗？"

"不用了。"

"要不要来我家聊天？"

"好啊！反正爸爸妈妈以为我明天才回来。"

"那干脆在我家过夜好了。"徐可穗拿出车钥匙开门。

孟颂恩把行李箱搬到车上。

"我来帮你。"徐可穗抬着行李箱的另一端，无意中看到行李箱的拉链扣是块金牌。

"这个？"

"哦，是杀人鲸在国际游泳锦标赛拿的金牌，他送给了我。"

"杀人鲸现在不知怎样呢？"

"你见过他吗？"

徐可穗摇了摇头："你呢？"

孟颂恩也摇摇头。

"你经常带着这个行李箱出门的吗？"

"嗯。"回答了之后，她才知道自己露了底。那不是等于承认她总是把杀人鲸送的金牌带在身边，带到天涯海角去吗？而其实，她只是一直没有把金牌解下来罢了。

车子驶上山顶一座大宅，这座大宅已经有点苍老了。

用人来开门，孟颂恩放下行李箱，穿过长长的走廊，仿佛走进了时光隧道。她还记得第一次来这里的时候，有多么震惊。

"我们去游泳好吗？"徐可穗边脱帽子边说。

"我的行李箱里没有游泳衣呢。"

徐可穗笑了笑："我们又不是第一次裸泳。"

徐家的暖水游泳池在地下室，孟颂恩童年时在这里消磨过不少时光。

徐可穗把两个气球绑在池边的躺椅上。

她们脱了衣服，跳进水里。

"你的身材比以前更好呢，真忌炉你！"徐可穗说，"是34B吧？"

"对不起，是C。"

"怎么会大了的？是不是已经跟男孩子做过那回事？"

"一直都是C。跟男孩子做过那回事是不会变大的。你给谁骗了？"孟颂恩回首一笑。

"是的，跟男孩子做，根本不会变大，你看我就知道。"

"你做了？什么时候？"

"先说你的。你跟杀人鲸有没有做过？"

"当然没有。你有吗？"她望着徐可穗。

徐可穗甩甩头发，吸了口气，说："没有。"

"如果不是因为杀人鲸，我们会像现在这样吗？"

"我们现在也不错啊！还可以一起游泳。"徐可穗浮在水面上，微笑着说，"这个世界上，有些东西是比爱情悠长的。"

孟颂恩靠在池边，眯着眼，看着头顶那盏射灯晕开的一圈圈亮光，像童年往事一样，已经有点朦胧。许多年前那个晚上，合唱团的练习结束，她走到外面等爸爸来接她，看到徐可穗孤零零地蹲在一盏昏黄的街灯下面。徐可穗抬头看了看对面马路的她，又低下头。那天是中秋节，两个人之间的那片天空挂着一轮圆月。徐可穗加入合唱团的时间，比她们都晚了几年，大家不太熟络。徐可穗长得很瘦小，喜欢咬手指，有点高傲，也有点孤僻；但是，你不会注意不到她，她的衣服总是穿得奇奇怪怪的，脸上的表情也比别人多。

爸爸还没有来，她蹲在地上，跟徐可穗成了一条水平线。一个小男孩神气地拉着一只白兔花灯，牵着他爸爸的手走过。那个花灯突然翻转了，一下子就整个烧掉，小男孩哇啦哇啦地大哭。徐可穗望过来，对孟颂恩笑了笑，孟颂恩也咧嘴笑了。

"你在等谁?"徐可穗问。

"我爸爸。他可能去跟人下棋,忘记来接我了。你呢?"

"等我爸爸。他大概也忘记了我。"她苦涩地说。

"你妈妈呢?"

"她不在香港。"

这个时候,孟先生匆匆跑来。孟颂恩站起来,叉着腰,说:"你一定又是去下棋了,忘了我!"

孟先生兴奋地说:"我刚刚把王叔叔杀个片甲不留!"

"哼!讨厌啊!"

"对不起!求你别告诉你妈妈!"

"不说才怪!"

正要离开的时候,她回头看到徐可穗落寞地蹲着。

"你要不要先来我家?"她问。

徐可穗抬起头,感激地朝她微笑。

那夜,她们同睡一张床,看着同样的月光。徐可穗的爸爸终究没有出现。

第二天早上，当她醒来的时候，徐可穗正在跟孟先生下棋。

"我在教她下围棋。"孟先生说。

"人家根本不会下棋。"孟颂恩说。

"学了就会。"

徐可穗皱着眉看孟先生下棋。

"可穗，你今天就留在这里吃完午饭再回去吧。"孟太太说。

"我吃了晚饭再走也没关系。"徐可穗老实不客气地说。

那天晚上，她在孟颂恩狭小的家里多留了一夜。

临睡之时，徐可穗说："你妈妈做的西红柿煮红衫鱼很好吃。"

"你喜欢的话，可以常常来吃。"她说。

那天之后，徐可穗常常来。一天，孟颂恩放学回家的时候，看到爸爸坐在棋盘旁边，满头大汗，徐可穗咬着手指轻轻松松地在看电视。

"爸爸，什么事？"她问。

"没可能的！"孟先生苦恼地说。

"可穗赢了他，人家跟他学围棋才三个月。"孟太太从厨房探头出来说。

爸爸的围棋技术一向不错。那一次，她见识到徐可穗的厉害。徐可穗东西学得很快，可惜凡事只有三分钟热度。她从没见过徐可穗温习，但徐可穗的成绩永远名列前茅。

那天，合唱团练习完毕，她问徐可穗："你今天要不要来我家？"

徐可穗摇了摇头："今天我妈妈回来，你要不要来我家？"

"好啊！"

出租车在山顶一座砖红色的古堡前面停下来。

"到了。"徐可穗说。

"你就住在这里？"她不敢置信。这是童话里才有的古堡。

用人来开门，她跟着徐可穗走进屋里去。这是一座三层高的大宅，地上铺了大理石，装潢瑰丽，是那种她在电影里才会看到的、极有品位的豪宅。她不明白，徐可穗为什么宁可窝在她那狭小的家里。

这个时候，一个穿着长裙、跐着高跟鞋，拿着一个咖啡色盒子，头发蓬松的女人从楼梯上面"踢踢踏踏"地走下来，搂着徐可穗，亲了又亲，说："妈咪回来啦！你好吗？"

徐可穗看来没有太兴奋的样子。

"妈妈，你的头发为什么乱得像鸡窝？"徐可穗咬着手指说。

她妈妈摸摸头发，说："哦！我刚才睡着了。"

"这是我的好朋友孟颂恩。"

"你好！"她妈妈亲切地抱了抱孟颂恩。

她不就是蜚声国际的小提琴家沈凯旋吗？孟颂恩在杂志上见过她，没想到她就是徐可穗的妈妈。

"我买了巧克力给你，是 La Maison Du Chocolat（乐美颂）的巧克力呢！"沈凯旋把手上那个咖啡色盒子放在徐可穗怀里。

徐可穗坐在楼梯上，打开盒子，发觉盒子里只有两颗松露巧克力。

"为什么只剩下两颗，其他的呢？"徐可穗问。

"我在飞机上忍不住吃了！太好吃啦！"沈凯旋吐吐舌头。

徐可穗噘着嘴，把一颗肥滋滋的巧克力往孟颂恩嘴里塞。

"但我差人去买了 Amigo 的拿破仑饼回来，那滋味不会比巧克力差啊！我很久没吃过了。"沈凯旋露出一副馋嘴的样子，一点也不像一位鼎鼎大名的小提琴家。

"你想去游泳吗？"徐可穗没理她妈妈，放下巧克力的盒子，问孟颂恩。

"我没带游泳衣。"

"大家都是女孩子，不用穿啦！"沈凯旋说。

徐可穗带着她来到地下室。那个仿古罗马浴池建筑的游泳池，华美得把她吓了一跳。

徐可穗脱光了衣服，跳进水里。

"为什么你从没告诉我你妈妈是沈凯旋？"孟颂恩一边脱衣服一边说。

"这有什么特别的？她又不会煮西红柿红衫鱼。我宁愿和你交换。"

"你爸爸呢？"她跳进水里。

"他们离婚了。"徐可穗使劲地游了一段，站起来，靠在池边。

"你妈妈蛮可爱的。"

"她太神经质了！不适合当妈妈。"徐可穗老成地说。

用人送来了两片拿破仑饼，她们靠在池边吃饼。那是她头一次吃到拿破仑饼，松化的酥皮和海绵蛋糕配合得天衣无缝，是一辈子难忘的滋味。就在这个时候，一只黑色混种鬈毛小狗走来地下室。

"吉吉，来这里。"

小狗走到池边，可怜巴巴地伸出舌头，徐可穗用手指头喂它吃拿破仑饼。

"它是我在街上捡回来的。这间屋子里，只有吉吉陪我。"

她忽然明白为什么徐可穗宁愿和她交换。

徐可穗吻了吻吉吉，回头问孟颂恩："你试过接吻吗？"

"跟小狗？"

"跟人。"

孟颂恩摇了摇头："在电影上见过。"

"想不想试试看？"

"我和你？"

徐可穗咬了咬手指，点头。

"是不是要合上眼睛？"她问。

徐可穗想了想，说："随你喜欢。"

她们一手攀住池边，向对方的身体移近了一点。

孟颂恩合上眼睛，伸长了嘴巴。徐可穗也闭上眼睛，把自己的嘴印在孟颂恩的嘴上，两个人都紧张得不停吸气。吉吉突然汪汪叫，她们惶恐地张开眼睛，发现游泳池里没有人，这才扑哧一笑。

"跟有胡须的人接吻，不知道是什么感觉呢？"徐可穗抱着吉吉说。

"这一天总会来临的。"

"也许我没人爱。我不漂亮。"

"你这么聪明，怎会没人爱？"

"聪明有什么用？"

"谁说没用？我像你这么聪明就好了。"

"万一我们爱上同一个人，怎么办？"

"不会吧？"

"万一我们都没人爱呢？"

"那我们就互相照顾一辈子好了。"她朝徐可穗微笑。

这一天终于来临了，她们跟着合唱团的客座指挥郭景明去看游泳比赛。郭景明的弟弟就是香港著名泳将郭志人，他有一个外号，叫"杀人鲸"。

杀人鲸出场了，只有十四岁的他，已经长到一米七，挺拔俊朗。徐可穗声嘶力竭地为杀人鲸打气。孟颂恩也不甘示弱，站起来大喊加油。

杀人鲸赢得漂漂亮亮。经过观众席的时候，他回头一笑，视线刚好落在孟颂恩身上。孟颂恩的心脏缩了一下，痴痴地望着他。徐可穗落寞地咬着手指。

"郭指挥，下星期来我家开派对好吗？"徐可穗忽然跟郭景明说，"可不可以也请郭志人来，让他给我们上一课，示范正确泳姿？我身子弱，妈妈要我多游点泳。"

"对呀！我的自由式总是游得不好。"孟颂恩附和着说。

那天，在徐家的游泳池旁边，合唱团里的男孩和女孩雀跃地等着上郭志人的课。郭志人穿着比基尼游泳裤出来，站在池边，说："人都到齐了吗？"

徐可穗羞答答地点头。她穿了一袭黑色游泳衣，外面套了一件短袖 Betty Boop（贝蒂娃娃）图案的棉上衣，好掩饰平坦的身材。

"还有我！"孟颂恩这时跑进来。她穿了一袭黑色比基尼游泳衣，美好的身材表露无遗，看得杀人鲸张大了嘴巴。

两个人在浴室一起洗澡的时候，徐可穗问孟颂恩："你的游泳衣是什么时候买的？为什么我没见过？"

她一边哼着歌一边说："昨天买的。"

"我刚才跟杀人鲸说好了，他以后每星期来教我游泳。"徐可穗说。

"为什么？"她诧异地问。

"他一向也有当兼职教练的，我给他最优厚的学费，他便不用再教其他人。"

"你这不是以本伤人吗？"她悻悻地说。

"你也可以一起学的。"

"我才不要！我付不起钱！"她拿了毛巾气冲冲地走出去。

那天之后，杀人鲸每个星期跟徐可穗在地下室单独共处，他也每个星期跟孟颂恩出去。

终于有一天，孟颂恩按捺不住问杀人鲸："你到底喜欢哪一个？"

杀人鲸结结巴巴地说：

"她聪明，你漂亮。"

"但你只可以喜欢一个！"她生气地说。

"你们很相似。"他憨憨地说。

"我和她一点也不相似！你去找她吧！不要再来找我。"

杀人鲸真的没有再来。她同时失去了一个好朋友和一个喜欢的人。她真的恨徐可穗，是她把杀人鲸抢走的。

两个月后的一天，杀人鲸垂头丧气地来找她。

"她说她不喜欢我了。"他哭得死去活来，眼泪鼻涕一大把的，像个受伤的小孩。

孟颂恩冲进徐可穗的家，徐可穗正在浴缸里用刮须刀小心翼翼地刮腿毛。

"既然不喜欢他，为什么又要抢？"她悻悻地说。

"你说什么？"

"杀人鲸！"

"除了游泳之外，他什么也不懂！"徐可穗用嘲笑的语调说。

"你什么都是三分钟热度的！"

"你喜欢的话，可以拿去。"

孟颂恩生气地说："你不要的东西，便施舍给我吗？我才不要！"

"我不是这个意思。我们就为一条'杀人鲸'绝交吗？"

"你真是讨厌！活该你没有一个幸福家庭！"

徐可穗怔怔地望着她，眼睛红了。

她知道自己说得过分了一点，可是，徐可穗又何曾珍惜过这段友情？

"请你出去！"徐可穗说。

她孤零零而又屈辱地离开了那座古堡。

今夜，池边的亮光映照在她们赤裸的身体上。徐可穗游了一段，回头说："我后天要走了，约了妈妈在佛罗伦萨见面。本来是今天走的，我延后了两天。"

然后，她又问："跟有胡须的人接吻是什么感觉的？"

孟颂恩笑了笑，说："那得要看是早上的胡子还是晚上的。"

"有分别吗？"

"早上的胡子刚长出来，又短又硬，很不舒服；晚上的胡子长一点，舒服得多。你呢？"

"那要看长短。"

"我没试过长的。"

"短的比较痛，长的温柔。我爱过一个人，他蓄着一把胡子。"

"他很老吗？"

"四十岁，不算老啊！"

"四十岁很老了！"

"四十岁的男人有二十岁男人没有的东西啊！"她说。

这个时候，吉吉来到地下室。

"哦，吉吉，很久没见了。"孟颂恩靠在池边，扬手叫吉吉过来。

"它老了，动作没以前那么灵活。"徐可穗说。

吉吉摇摇摆摆地走到池边，孟颂恩把它抱在怀里，无意中看到它的狗带上挂着一块金牌。她诧异地望着徐可穗。

"是杀人鲸送给我的，他在亚运会拿的金牌。"徐可穗咬着手指头，怪不好意思地说。

孟颂恩摇摇头，笑了一下："我始终还是输给了你。"

徐可穗咯咯地笑了，转过身去，痛快地游了一段，回头说："我们来比赛吧！"

"我是不会输给你的！"孟颂恩扎进水里，激起了一重重浪花。

躺椅上的两个气球不知什么时候飘飞到半空，越过昏黄的射灯，总是成双。

Channel A

第 三 章
初 恋

她在他眼眸里重温了逝去的童年和那段秘密的时光。
今夜，栗子混着火苗的气息，
唤回了最美好的初恋。

从叶念菁的派对出来，柯纯嗅到一股糖炒栗子的香味，那混着火苗的清淡气息随着寒夜晚风一阵阵飘送到她的鼻孔里，有一种温饱幸福的感觉。

她看到路旁停了一辆卖糖炒栗子的木头车。一个中年男人，脖子缩在衣领里，戴着一双手套，用一把用来修路的大铁铲在炒栗子。

那年，在异国，也是栗子香的季节。

那个秋天，儿童合唱团到意大利罗马表演。表演结束后的第二天，团长带着他们一行人在罗马市中心游览。市中心挤满了游人，她和秦子鲁在著名的特莱维许愿池附近跟大家失散了。

正在彷徨的时候，她嗅到一股糖炒栗子的香味。许愿池旁边，一个老人正在卖新鲜的炒栗子。她没想到意大利街头也有这种好滋味，好得让她忘记了迷途的恐惧。

"我想吃栗子。"她跟秦子鲁说。

他们付了钱，老人伸手从木桶里抓了一大把栗子放在一个纸袋里。罗马的栗子跟香港的不一样。这里的栗子每一颗都像橘子那么大，比香港的栗子甜得多。

清冽的月光浮在罗马的天空，柯纯和秦子鲁靠在许愿池旁边剥栗子。

"你记不记得团长说，把一枚铜板投到特莱维许愿池里的人，有一天会再一次回到罗马？"她边说边从钱包里掏出一枚铜板，"咚"的一声投到池里，然后把另一枚铜板放在秦子鲁手里。

秦子鲁接过铜板，抛出一个优美的弧度，那枚铜板掉在池里，漾起了水花。

"你有什么愿望？"他问。

"我希望快点长大。"她说。

"长大有什么好？"他皱起眉头说。

"那就不用再渴望长大了。"她把一颗栗子送进嘴里，问，"你呢？有什么愿望？"

他搔搔头，想了老半天，说："我希望所有的愿望都会实现。"

"太贪婪了！"

他忽然指着她的脸，说："你嘴边沾着些栗子碎。"

她用手去抹，抹不到。

他伸手去替她抹走那颗栗子碎屑。

她的耳根陡地红了起来。她刚刚许愿希望快点长大，怎么一下子就长大了？

她进合唱团的时候是五岁，秦子鲁比她晚一年。他有一头棕黄色的头发，羞涩的神情配上一张俊美的脸，看起来像个女孩子。她刚好相反，她蓄着齐耳的短发，不爱穿裙子，人又粗鲁，倒像个男孩子。

她和他住在同一条街上，念不同学校的同一级。她念女校，他念男校，两个人常常有说不完的话题。秦子鲁长得好看，演出的时候，指挥总让他站在前排最显眼的位置。团里的女孩子都爱跟他聊天，可柯纯知道，他跟自己才是最要好的。

　　八岁那年的一天，她放学回家的时候，看到秦子鲁在街上被三个男孩子欺负。他们把他按在地上，用颜色笔涂污他的脸。柯纯连忙冲上去跟那三个男孩子扭打。她被其中一个男孩子推倒在坑渠边，膝盖受伤了。那三个男孩子也落荒而逃，颜色笔掉满了一地。

　　他感激地朝她微笑，又为自己被欺负而感到有点难堪。她拾起一支颜色笔，在他脸上画了个叉，他也用颜色笔在她额头画了个圆圈。两个人愈画愈起劲，直到秦子鲁的爸爸秦先生经过看到他们的时候，把这两个"花面猫"拉起来，他们仍然笑个不停。秦先生没好气地说："《老夫子》也没你们这么好笑！"

　　那年，暑假将要结束，秦子鲁已经做好了暑期作业，柯纯连碰都没碰过那沓作业。

"我来帮你做吧。"他带着笔袋到她家。

他们在桌子上铺满了零食。做到一半的时候，她软瘫在地上问："你有没有见过你爸爸妈妈做那个？"

"那个？"他答。

"嗯。"

"很小的时候见过。"

"他们是怎么做的？"她爬起来问。

"我看见他们扭在一起，好像打架似的。你爸爸妈妈呢？"

"我看见他们在床上滚来滚去。"

过了一会儿，她问："我们要不要试试看？"

"也好。"他点点头。

柯纯和秦子鲁面对着面站了起来。

她揽着他，他抓着她，用身体互相摩擦，倒在地上滚来滚去。

她喘着气，说："一点也不好玩。"

"就是啊！我长大了也不要跟女人做这个。"

"我也不要跟男人做。"她说。

当秦先生来接秦子鲁的时候，秦先生慈祥地问："你们两个今天做了些什么？"

他们傻傻地望着他。

倏忽五年了。两个人已经由小孩子变成少年人。这一刻，在特莱维许愿池旁边，他们各自低着头，凝视着自己那十根被栗子壳染黄了的手指头，惊异地意识到大家已经长大了。她的胸部开始发育，他也长高了很多，跟从前不一样了，一些微妙的改变正在发生。

突然，他们听到身后传来两个中国人的声音。两个人同时回过头去，看到团长和团长太太就站在那儿。团长抹了一把汗，说："终于找到你们了！"

柯纯和秦子鲁交换了一个眼神，很有默契地做出一个可怜又无辜的表情，她把吃剩的一颗栗子悄悄塞进口袋里。

从意大利回来之后，又过了一些日子。一天补习后，回家的路上，她嗅到一阵阵栗子的甜味。一个老人在长街上卖糖炒栗子，她买了一大包。

因怕栗子凉了，她用身上的毛衣兜着栗子，连蹦带跳地来到秦子鲁家。

她走进他的房间，把身上的栗子抖落在窗台上。

他爬到窗台上，两个人坐在那里剥栗子。

"我想养一只小狗。"她说。

"好啊！我也想养一只小狗，但我爸爸只喜欢金鱼，我妈妈讨厌小动物。"

"我们可以合养一只。"

"那怎么分配？"

"一天跟你，一天跟我。"

"好啊！养什么狗好呢？"

"我喜欢牧羊狗。"

"我喜欢贵妇狗。"

"什么？"她难以置信地望着他。

"贵妇狗。"他尴尬地说。

"哪里有男人喜欢贵妇狗的？"

他窘迫地说："贵妇狗蛮可爱的。"

"你喜欢贵妇吗？"

"狗？"

"我是说那种举止高贵温柔的女人。"

秦子鲁摇了摇头。

"你不介意女孩子粗鲁和不够温柔？"

秦子鲁微笑摇头。

"我想养一只黑色的狗。"她接着说。

"牧羊狗好像没有黑色的。"

"那就养别的。"

"为什么要黑色？"

她一边剥栗子一边说："黑色没那么容易肮脏嘛！我楼上那家人养了一只小白狗，久而久之，它变成了一只灰狗。黑的便不会变成灰的。"

他说："贵妇狗有黑色的。"

她瞪着他，说："不要贵妇狗！"

夜已深了，房外忽然传来秦先生和秦太太吵架的声音。

秦子鲁好像已经习以为常了。

过了很久之后，他们听到砰然一声的关门声。

柯纯俯身望向街上，看到秦先生身上穿着睡衣，趿着拖鞋，抱着他那缸金鱼从公寓走出去，上了一辆出租车。

"你爸爸走了。"她告诉秦子鲁。

"也不是头一次。"

"但他带着那缸金鱼。"

他愣了愣："那倒是头一次。"

"我爸爸妈妈也常常吵架。"她安慰他。

他从窗台上跳下来，打开衣柜最底下的一个抽屉，拿出一包万宝路香烟来。

"你抽烟的吗？"她惊讶地问。

"是偷我妈妈的。"

她坐在床边，会意地朝他微笑。

他点了根烟，狠狠地抽了一口，然后递给她。

她用手指夹住那根烟，用力地啜吸了一下，又交给他。

他喷了一个烟圈，说："我妈妈常常背着我爸爸向那缸金鱼喷烟圈，她恨死它们了。"

话刚说完，他就呛到了，靠在床边不停地咳嗽。她挨在他身边，笑得眼泪都流出来了。

"你有没有想过自己什么时候死？"他问。

"你想过？"

"嗯。"带着忧郁的神情，他说，"我想我会在二十五岁之前死去。"

"为什么？"

"二十五岁已经够老了。你呢？"

"我只是曾经想过几岁会结婚。"

"几岁？"

"二十六岁。"

"我死了你马上就结婚？"他有一种被背弃的感觉。

"我怎么知道你准备二十五岁前死去？"她爬到他身边，手托着头，用那双无辜的眼睛望着他。

"你想不想试试接吻？"她颤抖着声音问。

"你试过了？"语调中充满忌妒。

"没有。"她用力地摇头。

"嗯，好的。"他点了点头。

她伸出食指，弯了弯，说："你要靠过来一点。"

他把身体移向她。

她合上眼睛，伸长了嘴。

过了一会儿，她张开眼睛，发现他不在房间里。这时，他匆匆跑回来。

"你到哪里去了？"

"我去刷牙，用我妈妈的去烟渍牙膏。"他难为情地说。

"你才没有烟渍。"她没好气地说。

隔壁房间传来他妈妈的号哭声和摔东西的声音，她侧着身子，他也侧着身子，他伸长了嘴，她用嘴巴啜吸他的嘴巴，两个人像僵尸一样，在床上动也不动。

那夜之后，秦先生和他那缸金鱼没有再回来。他后来跟一个年纪差不多可以当他女儿的女大学生在一起。

自从"僵尸事件"之后，秦子鲁对她有点若即若离。她常常听她妈妈说，男人把女人得到手之后就不会珍惜。但问题是他还没有得手啊。他不会笨得以为这样算是得手吧？

那段日子，他常跟一个叫刘望祖的男同学出双入对。刘望祖那张脸比白纸更要苍白，还有哮喘病。他是由祖父母带大的。他祖母每天都送饭到学校给他，饭后还会帮他抹嘴。

"我爸爸走了，但他爸爸妈妈都走了。"秦子鲁说。

她不以为意地说："你总会找到身世比你可怜的人。"

那天，秦子鲁答应放学后找她。她在家里一直等一直等，也见不到他。她跑去他家，推开他的房门，看到他和刘望祖两个人有说有笑。

"你祖母被车撞伤了！"她很凝重地告诉刘望祖。

刘望祖吓得几乎昏了过去。

"你还不快去看她？她现在很危险呢！马路上还留下了一大摊血。"

刘望祖连忙抓起书包冲出去。

"你见过他祖母吗？"秦子鲁诧异地问。

"没见过。"她靠在墙上说。

"那你怎知道她被车撞倒？"

"我骗他的。没想到他会相信。"她抱着肚子咯咯地笑。

"你太过分了。他是有哮喘病的，万一发作怎么办？"

"你为什么那么关心他？"她满怀忌妒地说。

一瞬间，他的脸涨红了。

"你近来为什么避开我？"她快快地往前进。

"我没有。"他怯怯地往后退。

"你有。"她把他逼到墙角。

"没有。"

"真的没有？"她可怜兮兮，像一只被同伴丢下的小动物。

"我只是有点混乱。"他沮丧地说。

"混乱？"

"我不知道自己到底喜欢女孩子还是男孩子。"

她吃惊地望着他。

"你跟刘祖望做过我跟你做的那些事？"

他连忙说："没有，没有。"

"你喜欢我吗？"她问。

"喜欢。"

"没可能的。既然喜欢我，就没可能喜欢男孩子。"

"你身上有哪一点像女孩子？"

她气极了，捉住他的手。

"你干什么？"

她把他的手放在自己的乳房上，说："男孩子有这个吗？"

他的脸羞得通红，沮丧地说："我只是怕自己弄错了。你记不记得我们谈过养狗的事？你说你想养一只黑狗，因为黑狗不像白狗，会变成灰狗。我想，这个世界并不是只有黑和白，我会不会是灰的？”

"灰的？”她望着他良久，终于"哇"的一声哭了出来。

她赌气不再跟他来往。搬家的时候，也没有通知他。

直到某年某天，她在 Channel A 节目里听到一个熟悉的歌声，这个新人的名字就叫秦子鲁。他凭着一张俊美的脸孔被星探发掘，瞬间成为冒起得最快的新人。无论他去到哪里，都有一群少女把他重重包围。

有谁知道他是她的青春梦里人？他们曾经一起干过许多小小的坏事。那些属于年少的糜烂与甜蜜的堕落，是成长里最灿烂的回忆。只是，他已经离开她很远了，或许已经把她忘得一干二净。

后来有一天晚上，她跟荣宝去酒吧。上洗手间的时候，在走廊上碰到秦子鲁。

他们诧异地对望着。

"纯纯。”他首先叫她。

这是她的乳名，已经很久没有人这样叫她了，时光一下子倒流，回到童年的那段日子。

"你好吗？"她腼腆地说。

他点了点头，问："你呢？"

她点点头。

"你爸爸妈妈好吗？"

"爸爸后来跟那个女大学生分手了，但他没有回来，鱼也没有回来。"

她笑了。

"你爸爸妈妈呢？"

"还不是老样子？天天吵。"

"你留了长发。"他说。

"现在看起来是不是比较像女孩子？"

他笑了。

"你现在养狗吗？"他问。

她摇摇头："找不到灰色的。"

他一脸尴尬。

"我只是开玩笑。"她连忙说。

"你可以答应我一件事吗？"他问。

"嗯？"

"关于我以前跟你说过的……就是说……我很混乱的那回事……你可不可以不要告诉任何人？就当是我们两个人之间的秘密。"他结结巴巴地说。

"哦，那件事——"

"嗯。"他的脸红了。

"我怎会不告诉别人呢？"她顿了一下，"我会说你很咸湿，我要叫所有女人小心你。"

秦子鲁粲然地笑了。

他们对望着，有一种亲近与熟悉。她在他眼眸里重温了逝去的童年和那段秘密的时光。

"你搬家的时候为什么不告诉我？"他问。

她抱歉地笑了笑。

今夜，栗子混着火苗的气息，唤回了最美好的初恋。她不知道有没有机会跟同一个人重回罗马。但她第二个愿望的确实现了。可是，她现在又不想长大了。长大有什么好呢？

Channel A

第 四 章
爸 爸 的 情 人

她是他孤寂的少年时代里
一只偶尔从窗外飞进来的黄色小鸟，
让他得以窥见窗外的另一个世界。

车子从香港往广州驶去。昨天下过一场大雨，一路上有些颠簸。秦子鲁蜷缩在车厢里，连日来忙着新唱片的宣传工作，他这两天只睡了几个小时，现在还得赶去广州出席一个签名会。

他拨了柯纯的电话号码。电话铃声响起，那边没人接。他等了很久，眼睛都累得睁不开了，蒙蒙眬眬之间，听到柯纯的声音。他听到她在电话那一头叫了好几声，他很想回答，但是身体已经不听使唤了，他睡着了。

不知道过了多少时间，有人轻轻拍拍他的肩膀。他张开眼睛，看见他的助手。

"我睡着了吗？"

"过了罗湖不久，你便呼呼大睡，电话还放在耳边呢！"助手说。

他这才知道，柯纯的声音并不是在梦中出现。他想再拨一通电话给她，可是，时间已经不容许了，签名会场外面，一大群歌迷在等他。他理理头发，抖擞精神走下车。

签名会结束之后，他们匆匆回程。天黑了，司机开得比较慢。他调低车窗，外面有点冷，他打了个寒战，把窗子关上，打了一通电话给柯纯。

"今天下午的时候，是你打来的吗？"柯纯在那一头问。

"嗯。"

"那你为什么不说话？"

"等你接电话的时候，我睡着了。"

"对不起，我刚刚离开了座位，听到铃声才跑回去接电话，却没有人回答。你在哪里？"

"正从广州坐车回来。我们待会儿见面好吗？"

"嗯，我在家里等你。"

"你看什么？你开车的时候应该看着前面而不是看着我啊！"她在他的车上微笑着问。

"知道了。"他转过头去，专心开车。

在娱乐圈，他有机会见到许多漂亮的女孩子。但是，柯纯就是不一样，她有一种属于灵魂的东西。她的童年和少年故事里，也有他的故事。他的故事里，同样有她。这个世界上，没有第二个这样的人。

"你瘦了。"她说。

"你找到工作了吗？"

"上次在电话里不是告诉过你吗？荣宝介绍我去一家电信公司工作，上班都快一个月了。"

"哦，对不起。"

她有点沮丧："没关系，反正我们很久没见面了。"

"你以前没这么小气的。"

"你是说多久以前？"

"小时候。"

"我一向都很小气的！你不记得我连搬家也不告诉你吗？"

"你记不记得我们以前一起做过的事？"他把车停在路边，说。

"我们一起做过很多坏事，你是说哪一件？"

"你当时像一具僵尸！"他咯咯地笑。

"你也好不了多少！竟然在重要关头跑去刷牙！"她说。

就在那一瞬间，他俯下身在她唇上深深吻下去。

"你从没吻过别人吗？"他问。

"谁说的？"

她不肯承认，这些年来，她只吻过他一个人。许多年后的今天，她竟然还是像僵尸一样，她真痛恨自己。下一次，她绝不会这样。当她朝他看的时候，他坐在驾驶座上，合上了眼睛。她以为他在陶醉，可是，过了很久，她终于发现他睡着了。他竟然就这样睡着了。她怜惜地抚抚他的脸，他实在是太倦了，她不忍心叫醒他。

她就这样在车里待着，不知不觉已经天亮了。蒙蒙眬眬的时候，有人在她头上吻了一下，她张开疲倦的眼睛看见他，他抱歉地微笑。

"我要去电台，先送你上班吧。"

"我自己坐车好了，你赶快回去吧！"她匆匆走下车跟他挥手道别。

"我今天会有时间，吃晚饭好吗？"他说。

她点了点头。

那个晚上，她在小餐馆里等了很久，他的电话没人接听。餐厅打烊前，她随便点了一个杂菜汤，喝进肚子里的却不知道是什么滋味。

她从小餐馆出来的时候，看到狼狈地赶来的他。她本来还担心他有意外，看到他好端端的时候，却反而生气了。

"不需要告诉我理由了！你是大红人，我只是个平凡的小白领。我的时间太多，你的时间太少了。"

"我忘了黄昏的时候还有工作要做!"

她一边走一边气冲冲地说:"算了吧! 秦子鲁! 我们没可能的! 根本连开始的机会都没有。"

她眼里盈满了泪水。她本来多么期待这个晚上。她发誓今天晚上被吻的时候不会再像僵尸。

"请你不要再找我了!"她说,"我不是你的歌迷,只要见到你就会发疯,等多久也甘心情愿! 我也有我的生活! 我也有我的尊严!"

"你干吗发这么大的脾气?"

"难道我应该逆来顺受吗? 我才不稀罕你!"她激动地说,"如果你真心喜欢一个人,起码你应该重视她!"

她跳上一辆出租车走了。她不明白自己为什么如此愤怒,也许,她实在是稀罕他的爱,愈是稀罕,愈怕自己露底。

他垂头丧气地爬上车,漫无目的地在街上绕圈。最后,他来到一幢公寓外面,天知道为什么许多年后他会回到这个地方。

那一年，爸爸抱着一缸金鱼离家出走。爸爸出走的那天晚上，柯纯在他房间里。他们吃糖炒栗子，偷偷抽烟，第一次接吻。他以为爸爸会回来的，但他没有。

秦振孙跟一个大学二年级的女生同居，两个人住在大学附近一幢租来的公寓里。那个女大学生才二十岁，洋名安妮，年纪比秦振孙小了一大截，几乎可以当他的女儿。

柯纯搬走之后，他一个人寂寞得很。从某天开始，他每天都跑到秦振孙跟安妮同居的公寓来。安妮每天走路回大学，他悄悄跟在她后面。万一哪天她跟秦振孙一起外出，他便会放弃。他想知道爸爸为了一个怎样的女人而离开他们。他甚至想过，要是发现她有一些不可告人的秘密，比如说她还有别的男友，那么，他肯定会向秦振孙揭发她。

安妮很年轻，她蓄着一头长直发，有一双长腿，爱穿短裙和花花布鞋，常常拿着一个鲜黄色的书包。她走路的时候，会自顾自地微笑，好像在想事情，一副很傻气的样子，完全不是他想象中的那种狐狸精。

　　他就这样跟踪了她一个多月。那个早上，他一如往常地跟在她后面，来到一个拐弯处，她忽然跳出来，站在他面前，把他吓了一跳。

　　"你已经跟踪了我很久，你是谁？为什么跟踪我？"

　　他吓得掉头夹尾跑了。

　　隔天，他又跟踪她上学。这一次，他故意落后一点，不让她发现。可是，他毕竟还不是她的对手，在一家快餐店外面，他被她逮着。

　　"你是不是喜欢我？"她朝他促狭地微笑。

　　他羞得满脸通红。那一刻，他发觉她很像一个人。她像柯纯，喜欢捉弄他。

　　"你吃早餐了没有？"她问。

　　他摇摇头。

　　"来吧！我请你。"

　　她买了牛奶和鸡蛋三明治给他，自己要了咖啡和一个栗子面包。她把黄色书包放在旁边的椅子上，一小口一小口地喝咖啡，看了又看他。他别过头去，避开她的目光。

"原来你长得很好看，有点像女孩子呢！"她说。

他知道，也许因为如此，她才不介意被他跟踪。

"你为什么跟踪我？"

他低下头没回答。

"你不打算告诉我吗？"

他没回答。

"那算了吧！"

"你上几年级？"她问。

他没回答，只顾低着头吃三明治。

她没生气，咬了一口面包，说："你这个年纪只能当我的小弟弟。而且，我已经有男朋友了。"

"你喜欢他吗？"他抬起头问她。

"不喜欢又怎会跟他一起？"

"你喜欢他什么？"

她天真地笑了。"哦，你真是人小鬼大。"她啜了一口咖啡，说，"他很可爱！"

他从没听别人说过他爸爸可爱。秦振孙在家里一向说话不多，也没有什么幽默感。

"你将来便会明白，当你喜欢一个人，就会觉得他可爱。他的一切，包括他睡觉的样子，都只能够用可爱来形容。"

"你们一起睡觉？"他有点生气。

她尴尬地笑了笑，说："你忌妒吗？将来，你也会遇到喜欢的女孩子，你会想跟她睡，而且觉得她的一切都很可爱。"

他望着她，他竟然不恨这个抢走他爸爸的女人，他本来是应该恨她的。

"你为什么跟踪我？"她忽然问。

他愣了愣，以为她早已经放弃了，没想到她绕个圈再问一遍。

他就是不回答。

她笑了："那我就认定你是喜欢我了！"

他眨了眨眼，不置可否。

"你要吃栗子面包吗？这里的栗子面包很好吃的。"她说。

他摇摇头。

"你不爱吃栗子的吗？"

他明明爱吃，却耸耸肩，一副不爱吃的样子。

"我喜欢吃栗子，尤其是冬天的糖炒栗子，这附近就有一档。"她说。

从快餐店出来，她扫了扫他的头，用一种大人的眼光看他，说："等你长大了，再来找我吧！"

然后，她跟他挥挥手，跑到对面人行道。他看着她轻快的身影消失在落叶纷飞的长街上。他就是这样成了妈妈的叛徒，没法恨这个第三者。

那天以后，他没有再去跟踪安妮。

两年后再见到她时，她已经大学毕业，他也上了中学，而且比两年前长高了许多。

那天，爸爸约了他吃晚饭。这种约会，大概是三四个月才会有一次，父子俩也没有什么好说的，都是爸爸问问他的近况。那一天，安妮在后来出现。她是下班后赶来的。当时秦振孙觉得是时候让他们两个人见面了。他希望儿子喜欢安妮，他打算跟安妮结婚。

安妮惊讶地认出他来，她并没有揭发他，装着是第一次见面那样。她成熟了，穿着一套上班的西装，理了个清爽的短发，她的话说得很少，偶尔朝他笑笑。她好像是生他的气，可是，顾盼之间，她也好像想他喜欢她。她的笑容令他迷惑。

那个晚上，她点了一道栗子布丁。吃布丁的时候，她问他："你喜欢吃栗子吗？"

"他喜欢的。"秦振孙说。

"哦！"她咬着叉子，朝他微笑，仿佛揭穿了他当年的谎言。

他低着头，整个晚上都没说话。他压根儿觉得她跟自己的爸爸并不相衬。她太年轻了。

安妮终究没有成为他的继母，她后来和秦振孙分手了。也许，她不再觉得他可爱了吧。她离开了那幢公寓，只剩下一个老男人，回味着他这一生最刺激的一段爱情。秦振孙发现，他从来没有爱过他以前的太太，而他爱的那个，却已经长大，拍翅飞走了。

这段往事，秦子鲁从来没有告诉任何人。直到许多年后的一天，他从香港出发去东京，想要逃离工作的压力和不愉快。在机场，他碰到她。

她还没结婚，外表比实际年龄年轻，当时正准备到美国公干。他们在候机大堂的 Starbucks（星巴克）遇上，彼此点过头，她首先说："你出唱片了。"

"是的。"他腼腆地说。

"那时你还是个小孩子。"然后，她说，"那时你一定很恨我吧。"

他反过来问她："后来见到我时，你有一点内疚吗？"

她仰头笑了："我从不后悔我做的事。"

道别的时候，她笑笑说："真是不可思议啊！我差点成了你妈妈。"

　　他朝她微笑。他甚至想要感谢她，她是他孤寂的少年时代里一只偶尔从窗外飞进来的黄色小鸟，让他得以窥见窗外的另一个世界，让他对女孩和将来有了憧憬，不再陷入性别的疑惑之中。他终于能够确定，他是喜欢女人的。

　　秦振孙两年前已从这栋公寓搬走了。可是，这个夜里，秦子鲁不知怎的重返旧地，重访当时年少的日子。他喜欢柯纯吗？她说得没错，假使他真心喜欢一个人，他起码应该重视她。只是，她不会明白，他内心有一种荒凉。他不想被承诺或者被一个人束缚，然后像他爸爸那样，直到半辈子之后才发现自己爱的是另一个人。

　　他弄不清楚，他对柯纯的感情，是出于怀旧，还是一种投射。当年的安妮，有点像他认识的柯纯；而今天长大了的柯纯，又有点像当年的安妮，那个为爱情而鄙视世俗与道德的安妮。

　　他发动车子的引擎，高速离开了年少的那段回忆。也许，他实在太自私了，他哪儿有时间去付出？他拨通了柯纯的电话，却又把电话关掉。

车子驶过拐弯处的时候，他嗅到了糖炒栗子的味道。一个小贩在清冷的长街上卖糖炒栗子。他想起安妮，想起柯纯，想起栗子香的季节。

Channel A

第 五 章
重 逢

我不知道多么希望能像你，
啃一根骨头就心满意足。
你明白吗？用两条腿走路的，
都是不容易满足的动物。

窗外，一抹微弱的曙色开始驱散地平线上的暗影，徐可穗爬起床，拧亮了床边的一盏小灯。她走下床，把一个行李箱拿到床上打开，然后走进衣帽间，挑了一些衣服，扔进箱子里。她要飞去佛罗伦萨，妈妈约了她在那边见面，妈妈在佛罗伦萨有个演奏会。

　　她突然对这种母女相聚的方式感到说不出地厌倦。每年一度，在某个城市相见，这哪儿像一种家庭生活？她不过是妈妈的其中一个小型演奏会，妈妈依然是小提琴家，她是观众，末了还得为妈妈的精彩演出激动地鼓掌。

　　从小到大，她几乎总是一个人在半夜里或早上醒来，孤零零地拖着行李箱在每个城市之间流浪。家庭，对她来说是个多么陌生而凄凉的字眼。

她把一些日用品放在箱子里。这个时候，吉吉在地毯上缓缓醒过来，走到她脚边，像一团胶泥，软趴趴地黏在她脚背上。这只鬈毛小狗已经很老了，步履蹒跚，牙齿早就掉光。徐可穗把它抱在怀里，吻了吻它，把它放在行李箱旁边。

"对啊！我又要出门了！这次是去佛罗伦萨。"她对吉吉说。

它好像听得懂似的，依依不舍地望着她。

"我知道你很想去。可是，我也没办法！我不在身边的时候，你要好好照顾自己啊！你要知道，你已经不年轻了。以狗的年龄来计算，你是'狗瑞'啦！嗯，我知道你会想念我，我也会想念你。不要羡慕我可以到处去，我不知道多么希望能像你，啃一根骨头就心满意足。你明白吗？用两条腿走路的，都是不容易满足的动物。"她看了看吉吉，它用那双深褐色的眼睛可怜巴巴地望着她。

"笨蛋！我说的是人类！"她说。

她把行李箱合上，扫了扫吉吉背上的毛，又吻了吻它，说："我走啦！不用送了。"

她拖着沉甸甸的行李走出房间。多少年了，她常常这样跟吉吉说话，仿佛它是个人似的。可是，就在今天，她回头望的时候，发觉吉吉站在床边颤巍巍的，已经无力跳下床去跟在主人身后。它已经老得不像话了。她放下行李，走到床边，把吉吉脖子上的金牌解下来，随便丢在一把椅子里。

登机前她在机场的书店看书，书架旁边立着一个男人，背着个大背包，全神贯注地低头看书。她觉得这个人很面熟，一时之间却想不起是谁。她一边翻杂志一边偷偷看他。那个男人发觉自己被人偷偷注视，不期然抬起头来。

"你是不是荣宝？"她突然想起来了。

"你是——"

"我是徐可穗，记得我吗？"

荣宝认出她来，说："很久没见啊！"

"你去哪里？"

"我去澳大利亚潜水，你呢？"

"佛罗伦萨。"

"哦，那是个很漂亮的城市，我几年前去过。"

"我已经第三次去了。"

"有些地方，一辈子可以去很多次的。"

"我前天晚上才刚刚见过以前儿童合唱团的同学。"徐可
穗说。

"是吗？"荣宝很好奇。

"是叶念菁的生日会，你记得是谁吗？小时候很胖的，架
着一副大近视眼镜。"

"我记得。"

"她变瘦了，变漂亮了。"

"还有些什么人？"

"哦，孟颂恩啦！林希仪啦！柯纯啦！"

听到柯纯的名字时，他脸上有了微妙的变化，接着问："秦子
鲁呢？"

"他没来。可能太忙了。他现在是歌星，你大概知道吧？"

"嗯。"他点了点头，又问，"你们都好吗？"

"每个人看上去都不错。"她无意中提起了柯纯，"柯纯以前不是像个男孩子的吗？现在像个女孩子了。"

荣宝若有所思地微笑。

"以后怎么联络你？"她问。

他们交换了电话号码，又拉杂地谈了一些事情。她本来带着一种忧郁的情绪出门的，可是，这一刻，她望着机舱外面蔚蓝色的天空，心中突然有了不一样的调子。荣宝小时是个毫不起眼的男生，他有一双单眼皮，瘦骨伶仃，在团里是个极其平凡的人物，没想到一下子长得那么高大魁梧，连那双本来是缺点的单眼皮都变得迷人起来。她所有心思都忽然飘到他身上，原本孤寂的旅途变成了遥想无限的时光。

她本来怀着极好的心情和妈妈见面。当她们在一家餐厅里啖着著名的佛罗伦萨小牛排时，沈凯旋看了看眼前这个已经长大的女儿，说："你长得不像我，你像你爸爸。"

"我已经忘记了他的样子。"她赌气地说。

"如果像我，你会漂亮许多。"沈凯旋说。

"你知不知道你这样会伤害我的自尊心？"她没好气地说。

"自尊不是建立在外表上的。"沈凯旋啜饮了一口红酒，说。

"你以为男人会把女人的灵魂和肉体分开吗？我可不可以跟他说，我的肉体不漂亮，但我有一个非常漂亮的灵魂！你来爱我吧！"

"肉体无法美化灵魂，但灵魂可以美化肉体。"

"你现在吃的，是这头牛的灵魂还是肉体？"她顶回去。

沈凯旋笑了："如果它有灵魂，便不用给我吃。"然后说："可穗，你是个有灵魂的孩子。"

"我应该感谢你赐给我灵魂吗？"用嘲笑的语调，她说。

"爱上你灵魂的那个男人，也会爱上你的肉体，灵魂和肉体是一支协奏曲。"

"别又跟我谈你的音乐了！"她不耐烦地说。

沈凯旋反倒像愈说愈有兴致，没理她女儿想不想听，她继续说："当一根小提琴的琴弦被拨动时，便能引起同一个房间里所有弦乐器的共振，即使这个振动微弱到肉耳根本听不见。但是，最敏感的人都能够感受到这种共振。当灵魂那根弦被拨动了，身体和爱都会共振。"

"你了解你的小提琴比我多！"徐可穗讪讪地说。

沈凯旋耸耸肩，笑了一下，似乎并不同意她的话。

窗外的灯一盏盏熄掉了，徐可穗拧亮了床边的灯，打了一通电话回去给吉吉，虽然它没作声，但她知道它在那一头听着。她学着沈凯旋的语气说："吉吉，你是个有灵魂的孩子！"

她挂上电话，拧熄了灯，滑入睡眠里。这些年来，她和妈妈的对话总是那么针锋相对。她毫不留情地顶撞妈妈，可是，妈妈从来不生气。如果妈妈会生气，那还好一点，起码证明她们是两母女。但妈妈不生气，就像个朋友似的，是隔了一重的。

第二天，她在乌菲兹美术馆附近买了一盏小小的吊灯，灯罩是波提切利名作《春》里一个长着翅膀的胖胖小天使。她提着灯，穿过佛罗伦萨的暮色回到酒店房间，插上插头，拧亮那盏灯。她为它想到了一个落脚地。

回来后第二天，她打了一通电话给荣宝，很轻松地说带了一些礼物给他。

到了酒吧，她看到荣宝喝 π 水[1]，她也凑兴要了一瓶。

"送给你的。"她把一个盒子放在他面前。

"哦，谢谢你。"

"你不看看是什么东西吗？"

"哦，是的。"荣宝打开盒子，看到那盏灯，客气地说，"很漂亮，谢谢你。我都没带什么礼物给你。"

"算了吧！你去潜水，会有什么礼物！总不能带一条鱼回来吧。"

"我真的带了一条鱼回来。我和队友在海底打了一条石斑鱼，有好几公斤重，每人分了一些，我那一份放在冰箱里，还

---

[1] 一种弱碱性的小分子团水。

没吃完。"

"那你什么时候请我到你家里吃鱼？"她问。

这天傍晚，窗外月光朦胧，徐可穗亮起了房间里所有的灯，她在衣帽间进进出出，忙着挑衣服，吉吉懒洋洋地看着它春心荡漾的主人。最后，徐可穗拣了一条牛仔裤和一件薄薄的黑色套头毛衣。她喜欢这种刻意的低调。她的胸部平坦，所以从来不穿胸罩，这样反而有一种她自己觉得的率性。

临去之时，她蹲在吉吉面前，说："吉吉，你会爱上我吗？"

吉吉摇了摇尾巴。

"我知道你会的。"她扫扫它背上的毛，叹了口气，说，"可惜你不是人。"

房里的灯一直亮着，她拎了个小皮包出去，回头跟吉吉说："不用送了，祝我好运吧！"

荣宝开一辆墨绿色的越野车来接她。车子穿过熠熠闪光的城市，朝郊外驶去。荣宝住在郊区，那是一间布置得很雅致的单身男人公寓。这个晚上，他煮了好几道菜，除了蒸鱼之外，其他都是有机食物：有机豆汤、有机西红柿和有机鸡。虽然有些奇怪，但徐可穗把这一切都往好的方面想。一个追求有机生活的男人，也应该是向往灵魂的。

饭后，他们走出阳台，阳台外面，是个沙滩，站在那里，可以听到夜里的海浪声。

"吉吉看见一定会喜欢的，它可以在沙滩上跑步。"

"谁是吉吉？"

"我妹妹，不过我们的血缘是不一样的。"

"不一样？"

徐可穗淘气地笑了，说："它是我养的小狗，十几年了，它叫徐吉吉。"

荣宝咯咯地笑了。

"那盏灯呢？你放在哪里？"她问。

"在客厅。"

她抬头看到阳台上随意地吊了个灯泡，于是说："那盏灯吊在这里不是很好吗？"

"哦，是的。"

荣宝去拿了一把梯子来，把那盏天使灯吊在阳台上。灯亮了，轻摇在风中，流曳出来的温柔，照亮了重聚的时光。他们都长大了。她看着靠在她身边的这个男人的侧面，突然对他感到一股倾慕之情。有生以来，还是头一次，有一个男人为她下厨。

荣宝转脸过来的时候，她的眼睛连忙瞥向远方，不至于让自己看起来太渴望爱。然后，在适当的时候，她提出要回家去了。她总是很会在适当的时候离开，那便不会被拒绝和嫌弃。

走出那栋公寓时，她看到隔壁一栋公寓的门上挂着个招租的木牌，上面有个电话号码。

"这里没人住的吗？"她问。

"都空很久了，这一带的交通不方便。"

"太可惜了！"她看到那栋公寓前面的草地已经荒芜了，只有一盏高高的路灯孤单地亮着。

第二天，她按照那个电话号码打去，房子还没租出，于是，她很快成为那栋公寓的主人。

当她告诉荣宝时，他惊讶地问："你不是住在山顶的吗？"

"我喜欢那个海滩，以后可以带吉吉去跑步；哦，不，它现在只能散步了，它太老啦！"然后，她又很巧妙地埋怨荣宝说，"都是你不好，让我看到这么漂亮的房子。"

三个星期之后，她开着她那辆黑色小跑车，吉吉蹲在她旁边，一人一狗朝着新家驶去。她名正言顺地住在荣宝隔壁。

搬进去的那个晚上，她在阳台挂了一盏灯，这盏灯是她在罗马买的，像个酒瓶，不过是没底的，灯泡就吊在瓶里。

她拧亮了灯，抱着吉吉立在阳台上，她的阳台跟荣宝的阳台并排，望过去就可以看到他了。

荣宝走出阳台，靠在栏杆上，说："有什么要帮忙吗？我会修水龙头和电器的。"

她朝他微笑："你以后多请我吃饭便好了！"

她把一串钥匙抛过去，说："万一我忘记带钥匙，也不用爬上来。"

那个晚上，她抱着吉吉窝在床上。想到她喜欢的男人只是咫尺之遥，她站起来，一动不动地凝视镜中的自己。她真的不像她妈妈吗？噢，她谁也不要像，她像她自己。

电话响了起来，是阿姨打来的。

"有个人想见你。"

"谁？"她奇怪地问。

"你爸爸。"

"他十几年都没见过我了，找我干什么？"她的声音微微颤抖。

"他好歹是你爸爸，去见见他吧！"

阿姨在那头净帮爸爸说好话。她一向是站在爸爸那边的，她姐姐太出色了，做妹妹的黯然无光。她巴不得嫁给徐可穗的爸爸，只是，徐元浩并没有爱上她。

徐可穗答应了去见他。床头的那盏灯拧亮了又拧熄了。她恨他吗？她是恨他的，可是，曾经，她有点想念这个把她生下来的男人。徐元浩是个富家子，继承了家里的大笔产业。

"不过，他倒是个很有学问的富家子。"沈凯旋常常这样说。她总是努力要证明自己的品位优秀。

徐元浩和沈凯旋在巴黎认识，徐可穗九岁那一年，他们离婚了。

徐元浩的头发都差不多秃掉了，已经是个老男人。她坐在他面前，脸上没什么表情。

"你长得像你妈妈，很漂亮。像她便好了，像我便糟糕。"徐元浩说。

"她也是这样说。"她冷冷地说。

徐元浩脸上闪过一抹难堪，说："时间过得真快，你都长这么高了。"

"你说的是你的时间还是我的时间？我的时间实在太漫长了。"她尽量不带半点感情地说，仿佛坐在她面前的是个陌生人。

然而，无论怎样假装无情，一种凄然的感觉还是从她心底涌起。既然他以前不要她，现在又为什么来找她？她太了解这种男人了，他们自由自在生活了几十年之后，忽然记起自己是个爸爸，而且好像还没尽过做父亲的责任，于是想做一点什么来弥补自己的过失，让良心好过一点。

她看着这个老去的男人，生他的气，也生自己的气。她曾经多么崇拜爸爸，多么渴求他的关注？时光已经无可赎回地丧失，多少年了，她一个人孤零零地住在那幢大屋里，渴望一个慈爱的怀抱时，那个怀抱却弃绝了她。她变成一个情感结巴的人，总是错爱一些男人，总是害怕她爱的人会离开。

她望着徐元浩，为他的无情而心里发酸，再也不肯说一句话。

清冽的日光到处浮着，她开着那辆跑车，高速地朝郊区驶去。半路上，一辆车追上来，跟她并排，那是荣宝的越野车。

"你干吗开这么快？很危险的！"他调低车窗向她喊叫。

她没停车，继续加速飞驰，把他甩在后面。

车子快得好像飘了起来，她在后视镜里看到荣宝一直尾随着她，生怕她出了意外似的。

　　车子穿过浩大而高远的寒夜，停在公寓外面，她关掉引擎，呆呆地坐在驾驶座上。荣宝的车驶来了，他匆匆走下车，走到她的车子旁边，紧张地问她："你没事吧？"

　　她两条腿不停地发抖，牙齿在打战。他打开车门，把她拉出来，双手扶着她。她像失落了灵魂似的，投向面前那个怀抱。

　　那盏路灯高高地亮着，照亮了两个老去的孩子，也照亮了多少成长的苦涩。

Channel A

第 六 章
明 信 片

这个男人在她心灵的镜头里走过去之后又退回来，

这中间就有了一种期待。

"今天晚上，他揽着我呢！我是说荣宝啊！可惜你看不见。"徐可穗抱着吉吉在床上，说，"但是，他没有吻我啊！他像揽着个朋友那样揽着我，叫我不要哭，根本没把我看作女孩子。"

她望着窗外，大海的那边有一道亮光，也许是一艘夜航船吧。这是个奇异的晚上，地狱和天堂同时降临了，先是她爸爸，然后是荣宝，一个男人令她哭，另一个令她笑。

她总觉得荣宝心里有个人。她不知道那个人是谁，只是大概猜到那人和荣宝的感情是不稳定的，也许还未开始，也许已经结束。一个恋爱中的男人，不会有荣宝那种落寞的神情。

"这起码是个开始!"她朝吉吉说。

早晨的微光驱散了长夜的黑暗,她爬起床,洗了个澡,换了衣服,带吉吉到海滩去散步。这是个不能游泳的海滩,水太深了,浪也很大。自从搬来这里之后,她喜欢每天早上带着吉吉散步,因为荣宝每天这个时候也会在海滩上跑步。她和吉吉散步的速度自然赶不上荣宝的步伐,那便可以看着他在她身边来来回回了。她喜欢这种感觉,就像这个男人在她心灵的镜头里走过去之后又退回来,这中间就有了一种期待。

这天,荣宝在她身旁走过的时候,她说:"昨天晚上谢谢你!"

"你以后开车别再开那么快,很危险的!"他说。

"你很烦呢!"

然后,她问:"我可以怎样报答你呢?"

"用不着报答的。"

"我请你吃早餐吧!"

"今天不行啊!我今天要去农场。"

"农场?"

"是个有机农场，我种了一些南瓜，今天正好收成。"

"我也想去看看。"

"好啊！"

"开你的车还是我的车？"

他笑了："我的比较安全。"

那个农场就在附近，荣宝种的南瓜已经长得够大了。

"可惜万圣节已经过了，不然，可以用来做南瓜灯笼。"
她说。

"是用来吃的。"

"你吃的东西也真奇怪。"她一边摘南瓜一边说。

"奇怪？"他接过徐可穗摘下来的南瓜，放进身边的竹篓里。

"我是说你吃的，还有你的生活非常健康，像个三十岁以
上的人，一点也不像你的年纪。"

"小时候我家有一片农地，妈妈喜欢种植，我们吃什么便
种什么。吃完西瓜便用西瓜子再种西瓜，吃完柠檬又种柠檬，
妈妈还会种玫瑰，她种的红玫瑰特别大，特别漂亮。"

"我妈妈什么也不会种。"她说。

"但她会拉小提琴，这不是每个妈妈都做得到的。"

"我们并没有选择自己的父母，也没有选择自己的样子。"她从来就不喜欢自己的外表。

"你怀念你妈妈吗？"她接着问。

"种菜的时候，我会想起她。"他说。

"你每个星期都来的吗？"

"嗯。"

"那么，我下星期也要来，我一直想种冬瓜！我喜欢吃冬瓜盅！"

"下星期我不能来。我跟几个朋友到东京玩。"

"是吗？哦！我正想去东京呢！你什么时候出发？"

"星期五。"

"你住哪家酒店？到了东京，如果有时间的话，我或者可以找你。"

第二天，她连忙订了去东京的机票和旅馆，就是荣宝住的那一家。她有个非常漂亮的理由去东京。她一直梦想开一家精品店，既卖家具也卖衣服、精品、杂志和书，全都是她从世界各地搜罗回来的品位。她可以去东京看看有什么好东西。

荣宝完全相信了她。

"你找到铺位了没有？"他问。

她喜欢荣宝常去的那家酒吧一带，接近闹市，又自成一角，附近都是些有品位的店。而且，在那里开店，可以常常见到荣宝。她就是这样一个人，一旦喜欢一个男人，她会投入到连自己都吃惊的地步。如果对方对她无动于衷，她会锲而不舍。当对方爱上了她，她反而会退缩。

她从来就不相信自己值得被爱。

可是，荣宝是不一样的，她希望这一次不会再退缩。

隔天，她送了一本书给荣宝。

"我买了两本。"她说。

荣宝看了看，那是一本旅游书，书名叫《爱恋东京手册》。

"里面的资料很丰富，我想，你会用得着的。"

荣宝星期五出发，她订了下星期一的机票。

行李箱摊在床上，吉吉趴在床边。

"我又要出门啦！你要暂时回大屋去了。"她说。

吉吉依依不舍地望着它的主人，仿佛知道又是离别的时候。它跟别的狗不同，十几年来，它没有离别焦虑症，因为离别在它和徐可穗之间不过是一种过生活的方式。

"你猜在东京会发生什么事呢？"她咬咬手指头，问吉吉，说，"两个人单独在外面，真的很难说！"

她满怀希望地来到东京，抵达旅馆之后，她先问问柜台荣宝住几号房，然后要求同一层楼的房间。

夜里，荣宝回来之后，打了一通电话到她房间。

"真巧！我们住在同一层。"她说。

"就是啊！"他的声音听起来很累。

她等他已经几个钟头了，本来很想约他出去吃碗面或是什么的，此刻却识趣地说："坐了大半天的飞机，我累坏了，你明天有时间吗？我们可以一起出去逛逛。"

荣宝爽快地答应了。

在香港的时候，她就住在荣宝的隔壁，现在和荣宝，是同一层楼，相隔了十几个房间，距离比起在香港好像遥远一些，然而，这个距离又比在香港更令她心跳得快。她想象在十几个房间之外的那个男人，也许还没睡，也许和她想着同样的事情。异乡的晚上，她被一种恋爱的渴望拥抱着。

她怀着这样的甜梦滑入了睡眠。

第二天上午，她和荣宝已经在吉祥寺了。

荣宝的几个朋友，飞去了冲绳潜水，只有荣宝一个人不知道为了什么留在东京。起初她以为荣宝是为了她而留下，渐渐她发觉荣宝似乎是在东京找一个人，找一个他自己也不知道会不会出现的人。

她在路上无意中发现了一家专卖明信片的店，名叫"Billboard"，里面有六千种以上的明信片，她挑了一大沓。

"放在我的店里卖也不错。"她说。

"除了小时候外国笔友寄来的明信片，我已经很久没收过明信片了。"他说。

"我妈妈有时会寄给我的。"

"其实她很好啊！"

"她是个很出色的音乐家，但不是个出色的妈妈。"

后来，他们又去了代官山。她在《爱恋东京手册》上知道有家叫"Petit Loup"的毛毛熊专卖店，客人可以订购"个人专属毛毛熊"，熊身上可以缝上纪念的年、月、日及个人姓名，并附上制作证明书，但要两星期才做好。

"我可能不会待在东京两个星期，寄回去，我又怕寄失。你呢？你打算什么时候回去？"徐可穗说。

"我还没决定。"

"你在东京是不是要等什么人？"终于，她问。

"没有啦！"他耸耸肩。

她压根儿不相信。对方一定是个女的，才会那样盘踞在一个男人的心头。她突然觉得难过，充满想拥有他的忌妒和忧愁。

"你到时候可以帮我拿我的毛毛熊吗？"她问。

"当然可以。"

她挑了一只黑色的毛毛熊，熊背上缝上这一天的日期。

夜里，他们在新宿一家居酒屋吃饭。荣宝点了一瓶清酒。

"你不是只喝 π 水的吗？喝酒不健康的。"

"旅行的时候，有些事情可以例外。"他笑笑，啜饮了一口清酒。

"开店的事，进行得怎么样？"他问。

"正在找铺位，你有没有办法？"

"你想找哪一区？"

"就是你带我去的那家酒吧附近，但我没看见有空置的铺位。"

"我帮你想想办法吧。"他蛮有把握地说。

"那就拜托你了。你可有兴趣跟我合作？"

"我？"

"对啊！我一个人一定应付不来。你的品位也不错呀！虽然没我那么好。"

他咯咯地笑了："我想开健康食品店。"

"我的精品店也准备卖一些健康食品。就这样决定吧。"

荣宝不知道怎样推辞，她的梦想变成了他们两个人的梦想。想到以后更可以朝夕相对，她陶醉地笑了。

"那我们要赶紧筹备了。"她说。

东京之行，变成了为新店搜购货品。五天之后，她离开了。她本来不急着回去，但她知道在适当的时候离开才会令人怀念。登上去往机场的专车时，她跟荣宝说："记得帮我拿毛毛熊啊！"

他点了点头。

她坐在前排，车子开走的时候，她跟他挥了挥手，便转过脸去，她习惯不做挥手挥到最后的那个，她喜欢在别人的视线里消失，而不是让别人在她的视线里消失。

只要荣宝记得帮她拿毛毛熊，那么，无论他在东京待多久，也无论他心里想着谁，她还是在他的记忆里占据了一个位置。

回来香港的那天，她先去接了吉吉。用人说，阿姨找了她很多次，似乎是急事。

阿姨找她，说不定又是爸爸想见她，她才没兴趣理他们。

等到几天后，她才懒洋洋打电话给阿姨。

"你为什么现在才回电话？"阿姨沙哑着声音说。

"到底有什么事？"

"你爸爸——"

她的心突然慌乱了起来，却故作冷漠地问："他有什么事？"

"他过身了。"阿姨在电话那一头呜咽着说。

她愣住了。

"是癌症，已经发现一段时间了。"阿姨说。

她握着话筒，一句话也没说，没流过一滴眼泪。

不久之后，她收到律师的通知，徐元浩把所有遗产都留给了她。

离开律师行的时候，她走在街上，只觉得内心一片荒凉。她是否太无情？她连一滴眼泪都挤不出来。

她终于明白徐元浩为什么在十四年之后想见她，也终于明白那天的他为什么那样苍老。她不应该向他发脾气，那是父女最后一次见面。她以为以后还有机会。

徐元浩不是忽然记起自己是个爸爸，而是想在临死时赎罪，但她没容许他这样做。她只是想看见他痛苦和内疚，唯有这样，才可以补偿她这十四年来失去的父爱。

九岁那年的中秋，徐元浩答应来接她。结果，她在合唱团的练习室外面等了又等，也见不到他，最后跟了孟颂恩回家。从此以后，她决定不要对爸爸有任何的想念，这种想念是注定会失望的。

爸爸真的不爱她吗？儿时，他总爱把她抱在膝头上看书，一看就是几小时。她喜欢看书，也是因为爸爸。隔了十四年无法弥补的光阴，这一幕依然留在她童稚的记忆里。

她连最后一个忏悔的机会都不肯给出来，她是个多么残忍的人！她不能原谅自己。

夜里，她打了一通电话给远在德国的妈妈。

"他不在了。"她说。

"谁？你说谁不在了？"

她终于说："爸爸。"

她多久没说过这两个字了？

沈凯旋沉默了，两母女就这样隔着海角天涯悼念一个在她们生命中出现过，永不会在记忆里消逝的男人。

他是个好人，只是并不适合当爸爸。他骨子里是个浪子，她深深知道自己也有这种遗传。

她太恨他了，他从来就没给她时间，以前没有，以后也没有。她以前没机会向他撒娇，以后也再没机会原谅他。

隔天，荣宝回来了，带着她的毛毛熊。他的样子看上去很累。

"你看过信箱没有？"她问。

"还没有。"

她没说话，她也很累。

"我回去啦。"荣宝说。

那天晚上回到酒店，她把其中一张在"Billboard"买的明信片寄回香港给荣宝。那张明信片上面，是日本艺术家奈良美智所画的大头女孩，她向来觉得这个女孩有点像她自己，样子古古怪怪的，看上去是个不快乐的人，却有灵魂。她希望荣宝在回来香港的第一个晚上收到她从远方寄回来的明信片，而她就在咫尺。

这一切现在都不重要了。她靠在阳台上，在一盏孤灯下。她把毛毛熊抱到心头，缝在熊身上的日子，正是她爸爸离开的那一天。看到这个日子时，她终于哭了，明白这辈子再没有机会叫一声爸爸。

Channel A

第 七 章
瞬 间 的 爱 情

她羞涩地望着他，
他那个兴奋的神情感动了她。
她意识到这个男人对她是特别的。
她还没决定要不要去，
这一刻，却突然不想让他失望。

唱片店中央悬吊着一张秦子鲁的巨型海报，是宣传他的最新专辑的。柯纯抬着头，出神地凝望着海报上那个笑容迷人的秦子鲁。她手上拿着的，是他的新唱片。

她低下头来的时候，发觉在十几步之外，一个男人微笑望着她。这个高个子、宽肩膀、穿蓝色 Gore-tex（戈尔特斯）风衣和卡其色棉布裤的男人，晒了一身阳光肤色，像个大男孩。他身边站着一个约莫三岁的小男孩。

柯纯连忙把唱片藏在身后。

"荣宝？"她认出他来。

男人走到她跟前，粲然地笑了："我们很久没见啦！"

小男孩害羞地抱着男人的一条腿，好奇地望着柯纯。

"叫姐姐。"荣宝扫了扫小男孩的头。

这个跟荣宝同样拥有单眼皮的小男孩乖乖地喊："姐姐！"

"好可爱呀！"柯纯摸了摸小男孩的脸蛋。

"你买了什么唱片？"荣宝问。

"哦，我随便看看罢了。你呢？"

"我也是随便逛逛。"

荣宝抬起头，望着秦子鲁的海报，说："没想到他会当上歌手。"

柯纯悄悄放下秦子鲁的唱片。

荣宝忽然回过头来，说："你有什么地方要去吗？"

她摇了摇头。

"我的车子就停在外面，去喝杯饮料好吗？"

"好啊！"她说。

三个人走出唱片店，荣宝爬上一辆墨绿色的越野车，小男孩坐在后面。

"我要先送他去他妈妈那里。"荣宝一边开车一边说。

那小男孩依依不舍地低下头。

柯纯发现座位旁边放着一本《哈利·波特》第四部。她拿起来看看，雀跃地说："你也看《哈利·波特》吗？"

"嗯！第一部我是一个通宵看完的，结果第二天要去看眼科医生。"

"我本来也想看通宵的，但实在太困了。你那本是不是精装版？"

"不是啦！精装版很难买到。"

"我那本本来是精装版来的，不知怎的弄丢了，现在已经买不回来。"她说。

车子停在一幢公寓外面。荣宝打开车门，把男孩抱下来，说："早点睡觉，知道吗？"

男孩点了点头，径自跑进公寓里。过了一会儿，男孩已经站在二楼的阳台上，跟荣宝挥手道别。

"你离婚了吗？"开车的时候，柯纯问荣宝。

"离婚？"荣宝愣了愣。

"儿子跟着前妻。"

"儿子？"

"嗯！"

"他不是我儿子。"

"哦。"柯纯尴尬地笑笑，"是外甥吗？"

"他是我以前女朋友的儿子。"

"但他长得很像你啊！"

"就是啊！她始终还是嫁个单眼皮的男人，也许是想念我吧！"

车子停在一家酒吧外面，柯纯跟着荣宝进去，酒吧里人很挤，台上有一队年轻的四人乐队在演唱。荣宝带着柯纯坐在吧台的高椅上。这个时候，有几个人过来跟他打招呼，很熟络似的。

"你常来的吗？"柯纯问。

"嗯。我喜欢听他们唱歌。"然后，他问柯纯，"你要喝点什么？"

"血腥玛丽。"

荣宝跟酒保要了杯血腥玛丽，然后说："把我的拿来。"

"你在这里有存酒吗？"柯纯问。

"嗯。"

酒保调好了一杯血腥玛丽放在柯纯面前。拿给荣宝的，是一个玻璃杯和一瓶 π 水。

"π 水？"柯纯诧异地望着他。

荣宝喝了一口，说："π 水很有益的，可以排毒。"

"可是我从没见过人在酒吧喝 π 水啊！这里也卖 π 水的吗？"

"是我放在这里的。"

"看来你很有面子啊！"柯纯在血腥玛丽里不停洒上辣汁，然后一口喝下。顷刻间，她一张脸变得通红，辣得双手掩着嘴巴。

荣宝咯咯地笑了起来："你的眉毛都好像飞起来了，你是这样喝血腥玛丽的吗？"

"这样才好喝!"

这个时候,乐队唱出了"Concerto of Love"。

"我们唱过这首歌的!那一年是去罗马表演。我们还在特莱维许愿池照过相呢!"

"我记得,那时你的头发很短,像个男孩子。"

"后来你为什么突然不再来合唱团?"

"那时家里发生了一点事。"

"那以后就没有你的消息了,没想到今天竟然会碰到你。"

"你跟其他人还见面吗?"

她低了低头,说:"很久没联络了,长大之后,各有各的生活,大家都忙,跟以前是不一样的啦!"

"除了头发,我觉得你跟以前没两样。"

"我觉得你现在跟小时候好像有点不同。"

"我并没有变成双眼皮啊!"

"不是模样,而是整个人有一点点不同,我说不出来,或许是眼神吧!"她再点了一杯血腥玛丽,说,"你以前的女朋友很早便结婚了吗？她的儿子都三岁了。"

"她比我大八岁。"

"原来是这样。"

"跟她一起的时候，我并不介意，反而是她很介意，很没安全感。她始终还是嫁了一个年纪比她大的男人。"

"你们现在还是好朋友吧？你跟她的儿子很亲呢！"

荣宝尴尬地搔了搔头，说："是的，他很亲我。跟以前女朋友的儿子走在一起，感觉上，他竟有点像我的小弟，实在难为情！"

"对了，你现在做什么工作？"

"你真想知道？"

"不能说的吗？"

"怕会吓你一跳。"

"难道是警方的卧底？"她在那杯血腥玛丽里洒上辣汁，一口喝下去。

荣宝凑在她耳边，悄声说：

"我是午夜牛郎。"

柯纯口里的酒几乎喷了出来。她用手掩着嘴，说："你？"

"怎么样？我不像吗？不一定要像秦子鲁那么帅才可以做牛郎的。"荣宝一本正经地说。

"我才不相信你！"带着微醺的她，从嘴角到下巴再到脖子上，流着一丝血红色的血腥玛丽的汁液。

"你看你，像吸血鬼。"他递了一张纸手巾给她。

"哦，谢谢你。"她抹去从嘴角到脖子的酒。

"喝血腥玛丽喝得这么凶的人，身体里面一定流着很野蛮的血。"荣宝说。

"喝 π 水的人，是为了冲淡本来就很野蛮的血吗？"

正在喝 π 水的他，答不上来。

夜里，她翻出照相簿，终于找到那张照片。那一年，她在特莱维许愿池前面留影，站在她左边的是秦子鲁，右边的是荣宝，拍完这张照片，她和秦子鲁便跟大家失散了。

几天后，一个大雨滂沱的早上，她匆匆从公寓走出来，准备上班，忽然听到几下汽车的喇叭声，她回过头去，看到一辆墨绿色的越野车停在灰蒙蒙的天空下，车上的人向她招手。

她走了过去。荣宝打开车门，说："快点上车！"

她连忙收起雨伞爬上车。

他拿了一条毛巾给她抹头发。

"谢谢你。你为什么会在这里的？"

"我刚从尼泊尔回来，送你上班吧。"

"太好了！我快要迟到了！"

"我不能保证你不会迟到，这种环境，没法开快车。"

"还以为会像电影情节那样，你会在闹市左穿右插呢！"

"这种天气开快车，太危险了。"

"求求你吧！我今天早上有个重要会议，我上司会骂我的！我真的不敢想象！"

"没那么可怕吧？"

“他骂起人来，像疯了一样，简直令你无地自容。求求你，开快一点吧！”她拉拉荣宝的手臂。

荣宝摇了摇头，说：“不行，我是个奉公守法的市民。”

她噘起嘴巴：“看来你的血液一点也不野蛮呢！”

车子终于到了，柯纯一边下车一边说：“谢谢你！”

“等一下。”

荣宝从后座拿了一件粉红色的雨衣和一双白色的雨鞋给柯纯，说：“穿上吧，那便不会淋湿衣服和鞋子。”

柯纯抱着雨衣和雨鞋，虽然不明白荣宝为什么会为她准备这些东西，但她太赶了，没时间问，只说：“谢谢你，下班再穿吧。”

雨下了一整天。下班的时候，她换上了那双白色的雨鞋和那件粉红色的雨衣。在幽暗的路旁，她看到两圈车灯的亮光，是荣宝的越野车。

她走上前，问：“你为什么会在这里？”

“我刚刚在附近经过，看看你下班了没有，雨这么大，很难叫车的。"

这个时候，一个男人从大厦走出来，柯纯连忙背对那个男人，小声说："他就是我的上司，今天把我骂得狗血淋头。"

"就是他吗？"荣宝盯了盯他。

柯纯爬上车，随手把公司的年报放在旁边的杂物箱，然后脱下身上的雨衣。

荣宝低下头，望了望她穿着雨鞋的双脚。

"你看什么？"她问。

"你小时候有一双红色的雨鞋，旁边印有小金鱼图案的，每逢下雨天便会见到你穿它。"

她吃惊地望着他："你怎么会记得这么清楚的？那是我很喜欢的一双雨鞋。"

"我就是记得。"

妈妈死了之后，一天，跟妈妈分开了的爸爸突然来合唱团把他接走。外面下着雨，他默默走上车，回头望的时候，柯纯跑了出来，在雨中跟他挥手道别。当时她脚上穿的，就是那双红色雨鞋。

"这样的雨，不知道要下到什么时候呢？"她调低车窗，外面很凉，她却觉得一张脸热得很。

"我们去吃饭好吗？"荣宝问。

她回过头来，含笑望着他，点了点头。电台刚好在播秦子鲁的新歌《当时年纪小》，熟悉的歌声在车厢里回荡，他们沉默地对望了一会儿，她笑了笑，转脸看着窗外的景物。

这个时候，荣宝的电话突然响起，他接电话时，脸色沉了半响。

他挂了电话，把车掉转头，跟柯纯说："对不起，我要先去办点事情。"

"没关系，我在这里下车就好了。"

"不，我很快办完的，你等我一下。"

荣宝把车子停在一个游乐场外面，问柯纯："你会开车吗？"

"嗯。"

他一边走下车一边说："我把车钥匙留下来，有什么事的话，你可以把车开走。”

她点了点头。

荣宝转身就走。

"荣宝！"她叫他。

"什么事？"他跑了回来。

她把自己那把红色雨伞塞给荣宝。

"谢谢。"他微笑说。

她看着他在雨中走进游乐场旁边的一幢公寓里。

摩天轮寂寞地在半空流转，直到灯火阑珊，她忽然听到有人敲窗的声音。她抬起头，看到荣宝撑着雨伞站在外面。她打开车门，荣宝收起雨伞，爬上车。

"对不起，要你等那么久。"

"你办完事了吗？"

"嗯。"

她发现他左边脸颊有一道血痕。

"你脸上有血呢。"

"刚才不小心刮伤了。"他若无其事地抹去脸上的血，一边开车一边说，"现在只能吃消夜了。"

那天晚上回到公寓，她的信箱里有一张卡片，是叶念菁寄来的，邀请她去参加生日派对。

她打了一通电话给叶念菁。她们许多年没见了，她觉得应该多谢她的邀请。

"我最近碰见荣宝了。"她告诉叶念菁。

"他怎么啦？那时他好像是突然不见了的。"

"他很好啊！"

"听说他爸爸是黑帮头子。"

"谁说的？"柯纯吓了一跳。

"很多人这样说的，我还以为你知道。"

"我记得他妈妈是幼儿园教师来的。"

"你别忘了，我们从没见过他爸爸。"

"荣宝看上去不像黑社会。"

"黑帮头子的儿子，不一定也是黑社会的，"叶念菁说，"而且我相信，儿童合唱团出来的人，不会坏到哪里去。我们是被无数优美诗歌养大的呢！"

夜里，柯纯在床上翻来覆去。十多年前的一天，合唱团正在练习，一个四方脸的男人走进来，跟团长说了几句话，荣宝便收拾了歌谱，跟着那个男人出去。柯纯跑出去跟他道别。那是个下雨天，荣宝跟着男人朝一辆停在路边的黑色轿车走去。柯纯隐约看见车厢后座坐着一个男人，上车之前，荣宝回过头来，跟她挥了挥手。那天以后，他没有再回来。

今夜，他脸上有血痕。他的眼神比小时候深沉了许多。

隔天，她本来要开会的，但上司直到下班还没有出现，秘书找不到他，他也没打电话回来。他从没这样过。

柯纯怀着忐忑的心情离开公司，看到荣宝坐在车上等她。她连忙走上去，慌张地问："你把我上司怎样了？"

他愣了愣："你怎么知道的？"

她吓得半死："天啊！他是好人来的！他最近被女朋友甩

了，所以脾气才会那么暴躁。"

"真可怜啊！"荣宝摇摇头。

"他在哪里？"

"我把他放在后备厢。"

她吓得张大嘴巴："快把他放出来！"

"在这里？"

"快点！"

"本来我想待会儿才给你看的。"荣宝走下车去打开后备厢，拿出一个像人那么高的吹气沙包来，沙包上，用电脑技术模模糊糊地印上了那个男人的样子。

"以后他再骂你，你可以打这个沙包报仇。"

"你说的是这个？"

"你以为是什么？"

"你为什么会有他的照片？"

"那天你把公司年报留在车上，里面有他的照片。"

这时，柯纯的电话响起，是上司打来的。

"柯纯吗？我昨晚喝醉了，会议改明天吧。"

她这才松了一口气，朝荣宝尴尬地笑笑，责怪自己的多疑。

"今天由我请客吧。"

"为什么？"

她使劲在沙包上打了一拳，说："我的心情好多了！"

后来有一天晚上，荣宝来接她下班，她看到车上有一份马来西亚的旅游资料。

"你要去马来西亚吗？"

"我准备去西巴丹看大海龟。"

"那里有大海龟的吗？"

"很多很多，是很大很大的。"他用手比画着，"大概有一百公斤吧！"

"我从没看过呢！你一个人去吗？"

"还有几个朋友，你有兴趣一起去吗？"

“我正想放假呢！”她说。

“跟我们一起去，我保证你这个假期会很好玩！”他满怀高兴地说。

她羞涩地望着他，他那个兴奋的神情感动了她。她意识到这个男人对她是特别的。她还没决定要不要去，这一刻，却突然不想让他失望。

接下来的几天，她一直憧憬着那个有阳光、椰树和大海龟的小岛之旅，直到她重遇另一个人。

那天，她跟荣宝去了他们第一晚去的那家酒吧。她喝了一杯血腥玛丽。上洗手间的时候，她在走廊上碰到秦子鲁。

“纯纯。”他首先叫她。

她惊诧地望着他，没想到那么多年之后会再见。他一点也没改变，甚至连一点陌生的感觉都没有。她下意识拨了拨额前的一绺头发，朝他微笑，同时也后悔这天没有好好装扮一下。

“你搬家的时候为什么不告诉我？”他问。

她抱歉地笑了笑。

"你记得荣宝吗？他也来了。"

"是吗？"

这时荣宝走过来，两个人见了面，互相点了一下头，寒暄了几句。她看着这两个她从小到大认识的男人，忽然有点迷惘。一旦将他们两个人放在一起，她就知道那种分别有多么大。

那天晚上，荣宝送她回家，她终于说："对不起，我走不开，不能跟你们一起去西巴丹了。"

"是因为秦子鲁吗？"他幽幽地问。

她窘迫地笑笑："为什么这样说？"

"谁都知道你和他最好。"

"那是以前的事啦！"她耸耸肩。

"可是，你还是会买他的唱片。"荣宝酸溜溜地说。

她没想到那天的事他全都看到了。

一瞬间，彼此的心事再隐藏不住了。他默默地开车，她转脸看着车外的景色，两个人再没有说话。车子终于到了公寓，下车的时候，她说：

"旅途愉快。"

他把一包东西交给她。

Channel A

第 八 章
三 个 人

只是，相逢的时间，
从来不由他们自己决定。

柯纯一个人在日本领事馆签证部等着递交申请签证的文件。假期来临前，这里挤满了人，她缩在一角低头看书。她领的号码牌是七百零一号，现在才只叫到四百二十号，那可真是天长地久的等待。

不知道过了多少时间，她抬头看看轮到哪个号码，就在抬头的一刹那，一张熟悉的脸映在她眼中，他也看到她了。

"柯纯！"荣宝挤到她身边，说，"人真多啊！"

"你几号？"她问。

他给她看看手上那个号码牌。

她瞪大了眼睛："是八百零一号！还要等很久呢！"

"你也是去日本玩吗？"荣宝问。

"我去念书。"柯纯说。

上次离别后，已经半年光景了，她没想到会在领事馆里跟他再见，眼前人既亲近又遥远。

"嗯？"知道她是去念书，他脸上闪过一抹怅然。他没想到再见之后将是漫长的离别。

"你的工作呢？"他问。

"我辞职了，反正做得不是太开心。"她耸耸肩微笑，又问，"你是去玩吧？"

"嗯，跟朋友去东京玩。"

"哦。"她心里想，该是跟女孩子去吧。

他补充说："跟几个朋友一起去。"

"是吗？"她竟莫名其妙地有点欢喜。

"你也是去东京吗？"

"嗯。你怎知道？"

"你手上拿着的书跟我的一样。"

柯纯看了看荣宝手上的书，原来就是她正在看的那本《爱恋东京手册》。

"这本书很好呢！书上介绍的地方我都想去。"

"你不是要去念书吗？还有时间逛街？"

"我去念日语，应该不会太忙的。"

"你的日语行吗？"

"以前断断续续学过一年，我一直都希望有机会可以再学。"

轮到她那个号码了。

"哦，你等我一下。"柯纯去交了申请表，又折了回来。

"你什么时候出发？"她问。

"下星期。你呢？"

"我也是。"

"那我们有机会碰头啊！你会住在哪里？"

"学校附近有宿舍，但我还不知道地址。"

他惆怅地说："一个人在外面，要好好保重啊！"

"你也是。"然后，她说，"我要走了，我赶着回去公司收拾东西。"

"再见。"荣宝挥了挥手。

"再见。"她退后了两步,才又转身离去。

她本来可以问他住在哪里,或者相约在东京见个面,不知道为什么,她没问,他也没提出,她连他坐哪一班机也不知道。

这天到达东京新宿车站的时候,已经是晚上八点钟了,学校说好会派人来接她去宿舍。她坐在行李箱上面等了一个钟头,冷得直哆嗦,人影都没一个。她打了一通电话到学校,用蹩脚的日语和英语跟对方说了大半天,才终于弄懂,原本来接她的人已经下班了,她得自己去宿舍。

她拖着沉甸甸的行李,上了一辆出租车。

宿舍是一幢三层楼的民宿,一个走路八字脚的男校工领她到二楼,把钥匙交给她,叽里咕噜说了一大堆她一知半解的日语。这公寓总共有八个房间,客厅、厨房和浴室是共用的,地方还算宽敞。几个韩国女生正围在一起吃饭。来这里之前，她已经知道住在宿舍的全是韩国人，只有她的同房是从香港来的。那几个女生告诉她，她的同房上班去了。

她用钥匙打开了房门，房间里有两张床，一张床乱糟糟，几件衣服就搁在床边，另一张是空的，应该就是她的床了。

她去倒了一杯热水，关起房门，从背包里掏出一个刚才在新宿车站买的明太子饭团便当，坐在床边吃了起来。《爱恋东京手册》那本书上说，日本每个车站的便当都很有特色，值得一试。她决定了，在东京的日子，每到一个车站就买一个便当，算是在异乡的旅途上给自己打打气。

她只是没想到，来到的第一天会是这么孤单。

夜深了，她的同房还没有回来。对方会是个什么人呢？想着想着，她累得睡着了。半夜里醒来，她看见对面床上躺着一个人，背对着她，睡得很熟，应该就是她的同房了。床边的椅子上，吊着一个橘子色的背包，已经有点斑黄残旧。

早晨的微光透过白色的窗帘洒落在她身上，她坐起来，伸了个懒腰，发现昨夜挂在椅子上的橘子色背包不见了，床上的人也不见了。

她到学校办了手续。还有几天才开课，她四处逛了逛，每到一个新的车站，就买一个便当吃。荣宝应该也已经来了东京吧？

晚上回到宿舍，她的同房还没有回来，她吃了便当就上床睡觉。夜里，她看到对面那张床上有个女孩子趴着睡觉，脸深深地陷在枕头里，那个橘子色的背包挂在床边的椅子上。那个人看来累垮了。她想，也许明天早上再跟对方打个招呼吧。

然而，第二天早上，当她醒来的时候，那个背包和床上的人都不见了。

以后的几天，她和同房总是遇不上。她回来，同房还没下班。她醒来，同房已经出去了。她连对方的模样也不知道，即使在街上碰到，互相也不会知道对方就是跟自己同房了一个星期的人。

这一天，她决定晚一点睡，无论如何也要等同房回来。毕竟，这个人将会是在东京跟她相依为命的人。

夜深了，她实在困，不知不觉就睡着了。午夜里醒来，看到那个背包吊在椅子上，床上睡了一个人，这一回，她脸朝柯纯这边躺着。

柯纯走过去，亮起床边的一盏小灯，悄悄看看她是什么样子。不看还好，看了倒把她吓了一跳。

柯纯摇摇那个女孩的肩膀，那个女孩张着惺忪睡眼，看了看她。

"苏绮诗，我是柯纯啊！认得我吗？"她满心欢喜地说。

苏绮诗蒙蒙眬眬地点了点头。

苏绮诗是她在儿童合唱团的同学，没想到这个神秘的同房就是她。

"你也在这家学校吗？我来了好几天都没见到你，这下可好了。"

苏绮诗转过身去，说："我很困啊！有什么事明天再说吧！"

"好啊！我们明天再聊。"

第二天早上，柯纯醒来的时候，苏绮诗已经出去了，没留下片言只字。她突然意识到，相依为命也许只是她一厢情愿的想法。何况，她们已经许多年没见了，那时又不是特别亲密。

这天放学后，她一个人去了代官山，经过一家毛毛熊专卖店，这家店可以让客人定制"个人专属毛毛熊"，每一只要一万八千日元，她终究舍不得买。她现在可是个没有收入、靠积蓄度日的穷学生呢。

傍晚的时候，她逛累了，在代官山车站买了一盒咖喱猪排饭便当，准备回宿舍去。列车刚到站，她连忙飞奔到月台上，手里的便当不小心掉在地上，她只得回头去拾起便当，眼巴巴看着列车的门关上。

她用纸巾抹掉便当上溅出来的咖喱汁，高速开走的列车卷起了一阵风沙，她用手揉揉眼睛，就在那一刻，她瞥见车厢里有一个熟悉的人影，那不就是荣宝吗？她连忙跑上去，一边喊他，一边不停挥手，可是，他没看到她。她喘着气目送荣宝从她的视线中消失。

第二天，早上起床她就觉得有点不舒服，勉强拖着身子回学校上了几节课，回来宿舍之后，一直缩在被窝里。夜里，她愈发觉得不舒服，好像是发高烧。她带来的药不知放到哪里去了，苏绮诗又不在。她爬起床，穿上外套，戴上围巾，有气无力地把双脚往袜子里套。

她瑟缩着走到附近的便利店买退烧药。微雨纷飞，她走进电话亭，打了一通长途电话，那是荣宝的手机。她想，荣宝或许带了香港的电话来。电话接通了，她听到荣宝的声音，正想说话时，才发现那是荣宝的留言信箱。

她失望地挂上电话，走出电话亭。

回去宿舍的路上，雨愈下愈大，她冷得直哆嗦，一辆墨绿色的越野车打她身边驶过，车上坐着一对男女，正在谈笑，车子的款式和颜色跟荣宝在香港开的那辆一模一样，是她半年前坐过的。她看着那辆车子消失在朦胧的远处，一阵鼻酸忽然涌上喉头，她哇啦哇啦地蹲在路边痛哭。

半夜里，她在睡梦中觉得有人在摇她的肩膀。她张开眼睛，看到苏绮诗坐在她床边。

"你是不是不舒服？"苏绮诗温柔地问。

"嗯。"

"我看到你在被窝里发抖。"她摸了摸柯纯的额头，说，"你发烧呢！吃了药没有？"

"嗯。"她迷迷糊糊地应了一声。

"我煮了一碗味噌汤，起来喝吧！是特别多放了味噌的，对感冒很有效，喝完了汤，出一身汗便没事了。"苏绮诗把一大碗热腾腾的味噌汤端过来。

柯纯撑起身子，靠着床，接过了苏绮诗手上的味噌汤，一小口一小口地喝。

"好喝吗？"

"嗯，谢谢你。"

"对不起，你来了那么多天，我还没时间陪你。"

"没关系，你要工作嘛！你刚刚下班吗？"

"嗯。"

"你在哪里上班？"

"西新宿的居酒屋。"

"那为什么早上也见不到你？"

"早上我去了图书馆温习，这阵子要考试。"

"怪不得！你来多久了？"

"八个月啦！你呢？打算留多久？"

"我读三个月的短期课程。你呢？"

"大概要两年。我想报读这边的面包师训练学校，那得要先通过日语评估考试。"

"你的样子一点也没变。"

"你也是。"苏绮诗笑笑说。

"我来之前，见过合唱团的一班同学。"

"是吗？"

"那是叶念菁的生日会，怪不得她找不到你，原来你在日本。叶念菁瘦了很多呢！简直变成另一个人。"

"她以前不是很胖的吗？"

"就是啊！徐可穗、孟颂恩和林希仪都来了。"

"何祖康去了吗？"

"没见他来呢！那天晚上很热闹，如果你在香港便好了。"

苏绮诗低了低头："我明天放假，明天晚上一起吃饭好吗？我来下厨。"

"嗯！"柯纯感激地朝她微笑。

"那早点睡吧！"

苏绮诗把床边的灯拧熄，回到自己的床上。柯纯看到那个疲累的背影缩在床上，心里很是内疚，她错怪人了。苏绮诗不是冷漠，柯纯看得出来，苏绮诗的生活很紧绌，她那个橘子色的背包都有个洞洞了。

第二天晚上，苏绮诗做了一个牛肉火锅，又买了一大瓶日本清酒，两个人一边吃火锅一边喝酒。

"附近那家超市逢星期三举行一百日元日，四百种平时卖得很贵的东西在这一天都只卖一百日元，我们都只会在星期三去买东西，这个火锅才一百日元。"苏绮诗说。

"很便宜啊！我以后也要等到星期三才去买东西。"

"不够饱的话，我还有'国宝'。"

"'国宝'？"

苏绮诗拉开床边的抽屉，拿出两个罐头，笑着说："是珠江桥牌豆豉鲮鱼和午餐肉。我妈妈寄来的。"

"你想念香港吗？"柯纯问。

"我是为了忘记香港的一切才来这里的。"

"你是不是失恋了？"她看出了一点端倪。

苏绮诗喝了一口酒，说："认识他的时候，就知道他有一个青梅竹马的女朋友，后来给他女朋友发现了，他选择回去她身边。我很傻呢！分手之后还找人打电话给他，假装打错了电话，不过想听听他的声音。"

"你现在好点了吗？"

她苦涩地笑了笑："我忙得根本没时间去想。只有在生病的时候，一个人很孤单，很希望一觉醒来，他就坐在我床边。你呢？你又怎样？"

柯纯笑了笑："我还没有着落呢！"

"秦子鲁呢？你们小时候很要好的。我看见你床头放着他的唱片，你们还见面吗？"

"那是很久以前的事了。"她吹了吹手里那碗热汤，眼前一片朦胧。

"你喜欢东京吗？"她问。

"总比香港好。"苏绮诗说。

隔天放学后，她一个人去了下北泽。逛得累了，刚好看到有一家咖啡店，她走进去买了杯咖啡，找了个靠街的位子坐下来。

她吹了吹手里的咖啡，啜饮了一口，正要放下来的时候，一只手从后面搭在她的肩膀上。这里会有什么人认识她？除了荣宝。

她连忙回过头去，诧异地望着那只手的主人。

"纯纯！"

秦子鲁粲然地望着她。

她以为这里跟香港已经是关山之遥了，没想到竟会在咖啡

店里遇到秦子鲁。

"你在等人吗？"

她摇了摇头。

"你刚才看到我的时候，好像有点失望。"

"我是太意外了。只有你一个人吗？"

"嗯。"

"什么时候来东京的？"

"两天了。"

"真巧！为什么你也在下北泽？"

"书上说这里很值得逛。"

"你看哪本书？"

秦子鲁从背包里掏出《爱恋东京手册》，说："就是这一本。"

她难以置信地望着他。

"什么事？"

"我也是看这一本。"她从背包里掏出她那一本来。

"原来是因为同一本书！"他笑了。

"你住在哪里？"她问。

"要去看看吗？"

秦子鲁带着柯纯回到他住的饭店。房间的门打开了，柯纯看到那张宽敞的双人床，脱掉鞋子，二话不说就跳了上去，趴在床上。

"很久没睡过这么舒服的床了！"她说，然后又问，"你为什么来东京？"

"我是逃走的。"

"逃走？"

"我不想再唱歌了。"

"为什么？"

"不可以做自己想做的音乐，也不可以唱自己喜欢的歌，当歌手又有什么意思？"他沮丧地说。

"他们不让你唱自己喜欢的歌吗？"

"公司认为那些歌不卖钱，他们只想让我唱一些商业化的歌。"

"很多人想当你呢！"

"那不代表我过得很好。"

"别这样嘛！我们去玩好不好？"

"好啊！去哪里？"

"你说呢？"柯纯的眼珠子转了转。

秦子鲁指着她说："你太糟糕了！"

"难道你不想去？"

"你太没品位了！真不想跟你这种人做朋友！"

"你可别后悔啊！"柯纯一边穿鞋子一边说。

"你什么年纪了？"秦子鲁一边穿外套一边说。

"你到底去不去？"

"去！"秦子鲁边走边说，"你真幼稚！"

两个人来到了东京湾的迪士尼乐园。摩天轮在半空中流转，柯纯和秦子鲁坐在上面，在最接近天空之处，所有的距离都拉近了一点点。

接下来的几天，他们在东京结伴四处逛。星期六的早上，她不用上课，约好了秦子鲁来宿舍接她，他们说好去逛筑地鱼市场，《爱恋东京手册》那本书上说，鱼市场外面有一家"井上"汤面，他们做的中华叉烧面在国内非常有名，她很想去尝尝。

外面下着微雨，她穿了那双白色的雨鞋。秦子鲁撑着一把深蓝色的雨伞在宿舍外面等她。

"你穿了雨鞋啊？"

"下雨嘛！"

"你像只鸭子。"

"你才像！"

"井上"挤满来吃面的人。他们捧着面，坐在路边的小板凳上。

吃面的时候，她听到老板娘用日语在她背后说："又是你啊？你每天都来，是从香港来的吗？"

柯纯回过头去，讶异地看到眼前人正是荣宝。原来他还没有走。

　　荣宝先是看到了她，然后又看到秦子鲁，脸上的微笑有点不自然。这三个人在微雨中各自捧着一碗汤面，已经不知道从何说起了。

　　她看到荣宝臂弯里夹着那本《爱恋东京手册》，她恍然明白了，一本书，联结着三个人。

　　只是，相逢的时间，从来不由他们自己决定。

Channel A

第 九 章
忌　妒

也许，这些日子以来，
她只是空空地等着自己也不知道是什么的东西，
那不过是回忆的梦影。

柯纯从飞机的圆形窗户往外看，她的脸贴在窗子上，寻找属于自己公寓的那一点灯光，她想家想得快要疯了，好想在那张久违的床上舒舒服服地睡一觉。她领了行李，独个儿走出机场，登上一辆出租车。电台播放着秦子鲁的歌，她笑了。她没想到迎接她的，是他的歌声。

她的手机响了起来，秦子鲁在电话那一头问："已经到了吗？"

"嗯。"

"对不起，我正在录歌，不能来接你。"

"没关系。"

"我晚一点找你好吗？一点钟之前，应该可以录完这支歌的。"

"好啊！"

"我好像听到了我的歌。"

"是啊！我在出租车上，夏心桔的 Channel A 在播你的歌。"

她挂上电话，沉醉在歌声里。三个月前的那天晚上，她在东京跟秦子鲁和荣宝一起。他们三个从居酒屋回到饭店，聊了许多事情。第二天，荣宝走了，秦子鲁留了下来。

回去宿舍的路上，雨点纷飞，她脚上穿着那双白色的雨鞋，秦子鲁幽幽地说："荣宝好像喜欢你。"

"谁说的？"她假装不知道。

"我看得出来。"然后，他问，"你喜欢他吗？"

她笑了："你什么时候当上我的爱情顾问了？"

"我们是好朋友啊！"

"就只是好朋友？"她酸溜溜地说。

"是青梅竹马的好朋友！好兄弟！好姐妹！"

她突然敏感起来，朝他疑惑地说："姐妹？哦，也许是吧。"

他们在沉默中走着，到了宿舍外面，她说："我回去啦！你什么时候走？"

"还没决定。"

"唱片公司早晚会通缉你。"

"我喜欢日本，除了你，这里没人认识我。"

"你不会喜欢这种平凡的生活的。"她朝他微笑。

她转身进去宿舍的时候，秦子鲁忽然在她后面说："我是喜欢女人的。"

她站住了，不敢回过头去，她不知道这句话意味着什么，是示爱？还是向好朋友告白？

没等她回过头来，他说："我明天来接你放学。"

她点了点头，进去了。

他曾经熄灭了她的希望，如今又把希望重燃。那个晚上，她纠缠着床榻，秦子鲁的最后一句话在她耳边萦回。"我是喜欢女人的"，将是他俩的故事的新一页吗？这句话，就像拨动了一根久久地发出微响的琴弦，颤动着她灵魂的深处，给了她太多的幻想和期待。

第二天放学的时候，她看到秦子鲁在学校外面等她。他穿着白色的汗衫和牛仔裤，双手插在口袋里，像个等女朋友放学的大男孩。他的样貌是如此出众，路过的同学都忍不住多看他几眼。

她走到他跟前，说："我是来念书的啊！天天陪你去玩，书也念不成了。"

"我下星期便回去。"

她愣住了，心里有些失望，却没有流露在脸上。

"等你回来香港，我们会有更多时间见面。"他说。

她盯着他，她的眼睛向往着这个承诺。

"不是说不想再唱歌了吗？"

"你不是劝我回去的吗？"

"那就是听了我的话喽？早知道你过不惯这种生活。"

"是的，我还是喜欢唱歌。"

"而且喜欢掌声。"

"谁不喜欢？"

"不，有些人只需要一个人的掌声，有些人需要许多人的掌声。"

"我会写电邮给你的。"

"你有时间吗？"

他打开背包，掏出新买的笔记本电脑给她看："我连电脑都买了，在哪里都可以发电邮。"

"在香港买会便宜很多。"

"我急着让你看看。"他抚抚她的头，说，"我走了，你要好好念书啊！"

她缩了缩脖子，说："你走了我便清静了。"

"我等你回来。"临别的时候，他说。

三个月来，他几乎每星期都给她发电邮，谈他的工作，谈他身边的人。她也告诉他所有她的生活，他们的新一页在彼此阔别多年后、在分隔天涯的时候才开始，是她从来没有想过的。看他的电邮，成了她在异乡里的慰藉。她一直盼望着重逢的一天，她唯一没告诉他的，是在他离开一个星期之后，她收到一只穿着白色雨鞋的毛毛熊。

她以为是他送来的，当她满怀高兴地打开放着卡片的信封时，看到的却是荣宝的签名。这只灰棕色的毛毛熊是在"Petit Loup"定做的，熊背上缝上了她的名字和二○○二年的字样。她到过这家店，但舍不得买这只毛毛熊。这是荣宝临走时为她定做的，卡片上写着："努力！"那天离开代官山的时候，她在一列刚开走的地下铁列车上看到荣宝。那天，他就是去订毛毛熊的吗？

她不知道怎样回报这种深情。她一直相信自己喜欢的是秦子鲁。离开东京的前一天晚上，她和苏绮诗在居酒屋里吃饭。

"你还是想要当面包师吗？"她问。

"嗯！愈来愈想了！来这里的时候，本来是为了忘记他的，那时并没有什么人生目标。这两个月来，我好像已经可以忘记他了。原来忘记一个人没有想象中那么困难。"

"当你忘记了，才能够这样说啊！我刚来的时候，你的样子不知有多惨呢！"

"你呢？到底喜欢秦子鲁还是荣宝？"

"你认为我应该选哪一个？"

苏绮诗笑了："如果他们两个合起来变成一个，那有多好！"

"就是啊！他们偏偏是两个不同的人。"

"开心的时候，你想跟谁一起？"

"秦子鲁。"她毫不犹豫地回答。

"不开心的时候呢？"

她想了想，说："荣宝。"

"那就糟糕了，他们应该是同一个人才对。"

"难道要掷铜板去决定吗？"

苏绮诗朝远处的一桌客人望去，说："这三个男人，几乎每天都来，他们在附近一家大公司上班。"

柯纯看了看那三个男人，都是穿着西装，带着公文包的中年上班族。

"每天晚上，他们当中总会有人喝醉的，就拿他们来掷铜板吧！"

"怎么掷？"

"猜猜今天晚上哪一个首先喝醉。你可以拣两个，一个代表秦子鲁，一个代表荣宝。"

柯纯定定地看着那桌客人，其中一个是三个人之中长得最好看的，脸上架着一副眼镜。他的脸涨红了，看来已经喝了很多。

"就他吧！"

"嗯，如果醉的是他，那你便拣秦子鲁。现在，谁代表荣宝？"

穿灰色西装的男人这时站起来上洗手间，他喝了很多，走起路来摇摇晃晃的。

剩下穿白衬衫的一个，看起来最清醒。

"我选他。"柯纯说。

"我认为穿灰色西装那个会首先喝醉。"苏绮诗说。

由那一刻开始，她们的眼睛几乎没离开过那三个男人。

架眼镜的那个，那张脸愈来愈红，却始终没有倒下去。

穿白衬衫的那个愈喝愈多，开始有些醉态。

不知道过了多久，"砰"的一声，穿灰西装那个倒在地上，其他两个人把他扶起来的时候，他还嚷着要喝酒。

"我赢了！"苏绮诗说。

"你怎会猜到是他？"

她笑笑说："因为每晚都是他喝醉。"

"原来你早就知道。"

"但是，你也没拣他啊！"

"那我怎么办？荣宝和秦子鲁都没醉。"她叹了一口气说。

"其实你已经拣了。"苏绮诗说。

柯纯把行李放在床边，连忙去洗了个澡。她本来累得要命，但是秦子鲁晚一点要过来，她得让自己看起来容光焕发。她一直盼望着这一天。她在想，这个晚上是决定性的，只要能见到秦子鲁，她便马上知道那种感觉有没有错。

夜深了，她在床上几乎睡着，身边的电话响起，她连忙拿起话筒。

"纯纯吗？我还在录歌，也许不能来找你了。"秦子鲁在电话那一头抱歉地说。

"没关系，我也累了。"失望的声音。

她挂上电话，走下床，从行李箱里把那只毛毛熊拿出来，放在床上。望着它，她仿佛从它眼里看到了自己的寂寥。

第二天，秦子鲁开车来接她去吃饭的时候，她装作没有为昨天的事生气。毕竟，他没承诺些什么，他只是说大家在香港也许会有更多时间见面。

在车上，他雀跃地谈他的工作。唱片公司终于让他做他喜欢的音乐了。他有很多未来的计划。

"你有什么打算？"他问。

"明天开始要找工作了。"

他朝她笑了笑，好像想说什么，终究又没有说。

她张开了口，又把话收了回去。

她以为重逢将会是一个新的故事，此刻却忽然发现，那只是人在异乡时，对旧事的怀念。他们太熟了，大家都不知道怎样去开始。在电邮上的那个他，跟真实的他，仿佛是两个人，他们近了，也远了。她安慰自己，或许是彼此无法立刻适应这种重逢和期待罢了。

两个人在一家小饭馆吃饭的时候，秦子鲁碰到几个女歌迷，她们兴奋地拉着他签名和拍照，其中一个女孩子更忍不住伸手摸他的头发。他跟她们出去拍照。回来的时候，他温柔地问："还要吃点什么吗？"

"是不是赶着要走？"

"不，不急，你慢慢吃。"

她低着头吃饭，心里却不是味儿。

那个晚上，她翻了许多份报纸的招聘广告，把有兴趣的工作圈了出来。她突然发现自己是个多么没有目标的人。她毫无专长，好像什么工作都可以做。她不知道自己的兴趣，从没好好打算。大学毕业之后，她在广告公司上班，做得不愉快便辞职。虽然去了日本念书，那三个月里，却想着香港。现在回香港了，竟又宁愿没有回来。秦子鲁有一个灿烂的星途，而她自己呢？他早已经在一种不同的生活里，在一个不同的故事里，她却茫然不知道自己想要做些什么。

一个星期以来，她应征了几份工作，都在等消息。她的时间很多，秦子鲁的时间却很少。那天在东京，他说他喜欢女人，是因为荣宝的出现吗？那或许只是一种出于忌妒的告白，并不意味着什么。

夜里，她打了一通电话给荣宝。

听到她的声音时，他愉悦地说："什么时候回来的？"

"快两个星期了。谢谢你的毛毛熊。"

然后，她说："我带了一些礼物给你。"

在酒吧见面的时候，荣宝说："为什么忽然跑回来？你不是要念书的吗？"

"我读的是三个月的短期课程。"

他愣了一下："我还以为你会去几年。"

"我哪儿有那么多钱！找工作找了两个星期，到现在还没着落呢。"

"我有什么可以帮忙的吗？"

她耸了耸肩："连我自己都不知道自己想做些什么。哦，对了，给你的。"她把手上的东西交给荣宝。

那是一双墨绿色的麂皮手套，在原宿一家时装店买的。

"你看看合不合适？我不知道你戴几号，只能猜。"

荣宝把手套戴上，手套好像小了一点，他使劲地把手往里套。

"是不是太小了？"她抱怨自己不买一双大一点的。

"不，刚刚好。谢谢你。"

荣宝把手套放在面前。就在这个时候，徐可穗来了酒吧，看见他们一起，徐可穗觉得有些奇怪。

"柯纯！为什么你会在这里？"

"我刚从日本回来。你呢？"

徐可穗听到"日本"两个字，停了一下，说："来找荣宝喽！还没告诉你，我跟他现在是邻居。"

徐可穗坐在柯纯的旁边，叫了一杯白酒。看到荣宝面前的手套和旁边的礼物纸，她拿起来看了看，说："很漂亮啊！在哪里买的？"

"在日本。"柯纯说。

"哦。"徐可穗应了一声，把手套放回去。

荣宝没料到这种场面，他把手套收在背包里。夹在两个女人之间的他，有点不自在。

"我和荣宝打算在这附近开一家精品店，你有兴趣一起做吗？"徐可穗首先说话。

"我哪儿有资格当老板？"她说。

"不需要投资太多的。"荣宝连忙说。

"让我回去想一下。"她说。

那个晚上，她不断想的却是徐可穗什么时候跟荣宝成了邻居，他们又为什么会一起开精品店。回家的路上，荣宝的车上载着她，也载着徐可穗。她首先下车，目送着他们一起离去。她忽然明白了秦子鲁那种出于忌妒的告白。她以为自己不喜欢荣宝。要是不喜欢，为什么又有一种酸溜溜的感觉？

无边的夜里，她抱着那只穿着雨鞋的毛毛熊在床上翻来覆去，想起她跟苏绮诗在居酒屋里的那个游戏。正如苏绮诗所说，她已经选了，命运却让她的选择落空，是否要她明白，问题不是她喜欢哪一个多一点，而是她想要一个怎样的人生，没有两个男人能为她提供同样的人生。

隔天，她接到荣宝的电话。他在电话那一头说："我有朋友在电信公司工作，他们正需要一位市场推广主任。你以前在广告公司做过，我想你或者会有兴趣。你想不想去试试看？"

第二天，荣宝开车来接她去面试。

"你的履历都带齐了吗？"他问。

"嗯，带齐了。"

"他是我潜水认识的朋友，人很好的。如果你不喜欢这份工作，我再想办法。"

"谢谢你。"她朝他感激地说。

"我在这里等你。"他说。

她下了车，走进办公大楼里，回头看到荣宝的车子还在外面。

她面试出来的时候，他看起来比她还紧张。

"怎么样？"他问。

她笑笑说："下星期就可以上班了。"

"恭喜你。"

"全靠你的面子，我要怎样报答你？"

"发薪水的时候别忘了请我吃饭。"荣宝一边说一边按下车上的收音机。

"听唱片好了。"她说。

他愣了愣，说："我本来想听新闻的。"

她尴尬地笑了笑。她只是突然害怕电台刚好播秦子鲁的歌，她将不知道怎么办。也许，这些日子以来，她只是空空地等着自己也不知道是什么的东西，那不过是回忆的梦影。秦子鲁是属于过去的，就像回忆一样。

荣宝待在东京的最后一晚，他们三个人都累了，不知不觉躺在床上睡着了。她就躺在荣宝和秦子鲁之间。夜里，她醒转过来，看了看睡得正酣的秦子鲁，又看了看熟睡的荣宝。

她定定地看着荣宝。在居酒屋的时候，一个便当从荣宝的背包里掉了出来。他笑笑说，是在筑地车站买的，因为《爱恋东京手册》那本书上说，东京每个车站的便当都很有特色。从第一天开始，他每到一个新的车站，便会买一个便当。

她诧异地望着他，不敢相信他跟她做着相同的事。是否他才是她要寻觅的人？趁着他睡了，她久久地凝望着那张像个孩子似的脸，想象她和他的故事。就在这一刻，荣宝揉了揉眼睛，好像醒了过来，她连忙转过身去，脸朝秦子鲁躺着，假装已经睡着了。

天知道她为什么害怕？也许她害怕发现自己喜欢的是荣宝而不是秦子鲁。

第 十 章
青 春

他看到自己那辆越野车的尾灯在茫茫大雨中亮着，
他知道有一个女人在车上等他回去，
就在那一瞬间，他梦想另一种生活，
一种平静而幸福的爱情生活，一种承诺。

五岁那年，荣宝半夜里在睡梦中被妈妈摇醒。他蒙蒙眬眬地看到妈妈就坐在他床边，脸上露出恐惧的神色。妈妈把他抱起来，替他穿上衣服和鞋子。

　　"妈妈，我们要去哪里？"他问。

　　"我们去找外公。"她一边说一边把荣宝背在身上，提着行李，仓皇地从家里逃出来。

　　外公是新界一个小村落里的小学教师，晒得一身黝黑的皮肤，平日喜欢下田种菜。荣宝就在外公任教的小学念书。班上只有十几个学生，都是那里的村民。外公一个人几乎负责所有的科目，只有英文和音乐由一位从市区来的林老师教授。

二十来岁的林老师，刚刚从学校毕业。她个子小小的，会弹钢琴，歌声很动听。荣宝喜欢听她唱歌，他也喜欢唱歌。唱歌的时候，他就能够忘记许多事情，甚至忘记爸爸。

林老师小时候是儿童合唱团的团员，跟着合唱团去过许多国家表演。荣宝听林老师说得多了，开始向往合唱团的生活，但他知道妈妈是不会让他去的。自从搬到乡村之后，妈妈便绝对不到市区去，好像是要跟从前那种生活隔绝似的。

一天，他听到林老师跟外公说："荣宝唱歌很有天分，而且合唱团里有很多小孩子，他会喜欢的。"

外公望了望他，他用一双充满渴望的眼睛抬头看着外公，外公抚抚他的头。

那天回到家里，他听见外公央求妈妈让他参加合唱团。

"我负责带他去上课好了！"外公拍拍胸膛说。

妈妈望了望他，再一次，他向往地望着妈妈。妈妈答应了。

每个星期天，外公带着他坐火车到市区上课，那是他一个星期里最兴奋的一天。他上课的时候，外公就在附近的公园跟人下棋。等到他下课，爷孙手牵着手回家去。那时候，妈妈已经煮好了饭。他匆匆忙忙吃过饭，便会唱一遍那天学的歌给妈妈听。

外公总是一边喝烧酒一边拍掌说："我们荣宝将来会当歌星的啊！"

十岁那年，半夜里，妈妈把他摇醒。他揉揉眼睛，看见妈妈那双忧愁的眼睛。他以为像五年前一样，他们又要逃亡了，他赶快爬起床找袜子。然而，这一次，妈妈抚抚他的脸，说："妈妈生病了，明天要进医院，你以后要乖乖听外公的话啊！"

他看到那双眼睛盈满了泪水。

妈妈进去医院之后，再没有回来。他天天跟着外公去医院探妈妈，每次从合唱团回来，他都在病榻旁边为妈妈唱一支歌。

妈妈的身体一天比一天虚弱，直到一天，她再也听不到儿子的歌声了。

外公把妈妈葬在村里。妈妈种的一株柠檬树开花结果的那天，她已经没法亲眼看到。

那个星期天，外公带他坐火车去市区，送他到合唱团去。

那天下着雨，外公撑着一把黑色的雨伞，跟他说："我待会儿来接你。"

他点了点头，进去了。

上课的时候，明叔叔突然出现在课室外面。

"还认得我吗？"明叔叔扫扫他的头，然后说，"你爸爸在车上。"

他收拾了歌谱。一辆黑色的轿车停在雨中，车门打开了，他看到了五年没见的爸爸。

他怯怯地望着爸爸，爸爸看上去有点陌生。

"上车吧！"爸爸说。

他上了车，默默地坐在爸爸旁边。

"你长大了很多。"爸爸说。

荣宝低着头没说话，他已经不知道怎样跟爸爸说话了。车子开走的时候，他只是担心外公回来时找不到他。

爸爸把他带回家，那是一幢新的公寓，爸爸跟新太太住在里面。荣宝从此有了一个继母和同父异母的妹妹荣雪。荣雪比他小七岁。

"你以后就住在这里吧。"爸爸说。

"那外公呢？"

"我会跟他说的。"

那天之后，他没见过外公。

"以后不要再去合唱团了。"当天吃晚饭的时候，爸爸说。

他很想问为什么，但看到爸爸那张冷峻的脸，他不敢问。

"男孩子去学唱歌，太娘娘腔了！"爸爸说。

无数个夜晚，他疯狂地想念外公。一天，他悄悄溜了出去，一个人坐火车去找外公。外公看到他时，吓了一跳。

外公煮了一顿午饭给他吃。吃饭的时候，外公满怀心事地望着他，问："爸爸对你好吗？"

"没妈妈那么好。"荣宝说。

外公难过地说："你爸爸是很疼你的，你以后要听话。吃完饭，我送你回去。"

"我不回去。"他说。

"市区的学校比较好。"外公说。

"我可以每天坐车出去上学。"

外公捏了捏他的肩膀，说："听着！你要做一个好人。你妈妈就是想让你做一个好人，才会逃出来的。可是，外公太老了，没法再照顾你。"

黄昏的时候，外公摘了一些瓜菜，放进一个竹篓里，带着他回去。他没说话，他知道外公是不会收留他的了。

外公把他送回家的时候，他看到爸爸就坐在客厅的沙发里。荣宝缩在外公后面。外公放下那些瓜菜，堆出一张笑脸，说："全都是我自己种的，你喜欢的话，我再送一些过来。"

荣宝发觉，连外公也有点怕爸爸。

"还不上去洗个澡？"爸爸说。

荣宝跑上二楼。他从楼梯往下望，看到爸爸塞了一沓钞票给外公。他忽然明白，想要投靠外公，是个奢望。

那以后的几年，他没有再见过外公。偶然在厨房里看到一些盛在竹篓里的瓜菜水果，他知道是外公带来的。但他有点生外公的气，认为是外公出卖了他。直到外公病故了，他才又后悔。外公根本斗不过爸爸，一个乡村老师怎么斗得过一个黑帮头子？

他怀念外公亲手种的瓜菜，还有妈妈种的柠檬和玫瑰。继母对他虽然好，但那是另一种生活。他疼荣雪，可她比他小太多了，不是个谈心事的对象。

他的青春是寂寞的。

在学校手册里"父亲职业"的那一栏，他填的是商人。他很少跟同学提起家事，也不会带同学回家。他读书的成绩不好。他所有的生活，都好像是一种敷衍，敷衍别人，也敷衍自己。

在青春烂漫的年纪，他经常躲在房间里听西洋流行音乐。那是他唯一的救赎。

爸爸从来不掩饰他的生意，他几个重要的手下都在他们家里进进出出，也不介意荣宝听到他们说些什么。

在他脸上长满青春痘的时节，在他渐渐意识到自己是个男人，身体有一种原始的欲望时，他更迷惘了。他常常逃课，通宵达旦在外面流连。

有一次，他和几个同学在溜冰场里跟另一帮人争执。离开溜冰场的时候，对方在外面埋伏。荣宝拾起一根木棍，狠狠地把其中一个男孩打得头破血流。他的同学都吓呆了，他自己也吓呆了。

后来，爸爸花了很多钱，再加上一点办法，才说服对方的父母不去报警。

然而，自从这一次之后，荣宝开始有一点欣赏自己。他发觉他身体里流着的终究是爸爸的血，一种野蛮而狂烈的血。他为这种血而沾沾自喜。他忘记了外公和妈妈对他的叮咛，他想要成为像爸爸那样的男人。那以后，他常常生事。

一次，他在学校外面逮着一个男生，这个男生约会他喜欢的一个女同学，给他碰见了。他和几个同学把那个瘦弱的男生押到附近的公园去。荣宝抓住他的肩膀，用膝头撞了他的肚子好多下，那个男生痛得倒在地上，抱住荣宝的腿求饶。他的同学将那个男生的钱包抢过来，想要拿他的钱。荣宝看到钱包里的一张照片，他愣住了。照片上跟这个男生合照的，正是从前在乡村小学里教他音乐的那位林老师。

"她是你什么人？"荣宝质问被他打得面色苍白的男生。

"她是我姐姐。"男生说。

一种羞惭扑面而来，他从同学手里把男生的钱抢回来，放回到他的书包里。他把书包还给他，问："你怎么样？有没有事？"

男生懦弱地哭了。

荣宝扶着男生，招了一辆出租车，送他回家。

"你不会报警的吧？"他问男生。

男生惶恐地摇头。

"如果你报警，我不会放过你的。"

男生连忙点头。

车子到了，荣宝对男生说："这是两个男人之间的事，你不会说出去的吧？"

男生怯怯地说："我不会，我知道你爸爸是什么人。"

车子停在一幢公寓外面，荣宝看着那个男生一拐一拐地走进去。车子开走了，他的眼角闪出一滴泪。他从未如此讨厌自己，他算什么黑帮？他不过是个欺凌弱者的流氓。他根本不是个人，他对不起曾经那样疼他的一位老师。

他终于知道，爸爸那口饭，不是他能吃的。

那天以后，他没有再打架，反而埋头读书。在他脸上的青春痘消失的同时，他找到了另一种生活。

黑帮变得富有了，就等于从良。爸爸的许多生意，都是见得光的。荣宝负责的，是光明正大的生意。他想过离开这种生活，但这是他的出身，躲也躲不了，何况爸爸已经老了。

失意于亲情的时候，他寻找爱情。他爱过一个比他大八岁的女人，大家都没法留住对方。

一天，他在唱片店碰到柯纯，一种倾慕的爱从幽潜之处升起，他仿佛听到一声甜美的呼唤。于是，他走上去跟她说话。他看到她反抄着手，偷偷把秦子鲁的新唱片藏在身后。

　　合唱团的日子已经不可挽回地给忘记了，他喜欢的是这个喝血腥玛丽喝得很凶的女孩子。那天离别后，他疯狂地想念她。一个大雨滂沱的早上，他给她送去了一件粉红色的雨衣和一双白色的雨鞋。当天晚上，他又去接她下班。

　　两个人准备去吃饭的时候，他接到荣雪的电话。她在电话那一头号哭，说她男朋友动手打她。荣宝把车停在附近的游乐场，走进荣雪男朋友的公寓。哪里是人家打她？是她在打人。她最像爸爸，身体里流着的是凶悍的血。那个男人给她打得鼻青脸肿，只是还了几下手。荣宝想要制止她的时候，反而给她的指甲抓伤了脸。

　　他撑着伞，朝游乐场走去。他看到自己那辆越野车的尾灯在茫茫大雨中亮着，他知道有一个女人在车上等他回去，就在那一瞬间，他梦想另一种生活，一种平静而幸福的爱情生活，一种承诺。

可惜，他和柯纯相遇得并不是时候，柯纯心里惦记着的是当上了歌星的秦子鲁。

荣宝想起外公以前说的一句话：

"我们荣宝将来会当歌星的啊！"

半年后，他和柯纯在日本领事馆相遇，大家手上拿着的都是那本《爱恋东京手册》。他们匆匆离别，他不知道柯纯在东京的地址。他带着书，几乎游遍了书上介绍的每个地方，希望能够碰到柯纯。他甚至照着书上所说的，每到一个车站，都买一个便当。买便当的时候，他想象柯纯也许在同一个车站的同一家店买过同样的便当。

终于，他在筑地鱼市场外面的面店碰到柯纯。他只是没想到，在她身边的还有另一个人。

柯纯穿着他送的那双白色雨鞋，在微雨中腼腆地望着他。他的心碎了。

秦子鲁连忙腾出一个空位给他，三个人低头吃着面。他已经不知道那碗面是什么滋味了。他心里只有一种苦涩的味道。

那个晚上，他们在西新宿一家居酒屋吃饭，苏绮诗就在那里兼职，她也是儿童合唱团的团员，许多年前的事了。

他喝了很多酒。秦子鲁上洗手间的时候，柯纯朝他笑笑说："你喝太多了！"

"很难得我们四个人在东京相逢！"他啜饮了一口清酒。

柯纯怜惜地看着他，他连忙低下头吃面前的牛肉锅。他害怕这种眼神，怜惜其实就是说"我不能爱你"。

第二天，他离开了东京。回来的时候，他在信箱里收到一张明信片，是徐可穗在日本寄回来给他的。当时，她人还在日本，明信片是两个人一起去买的。他记得那天曾经跟她说过已经很久没有收过明信片了。

他忽然明白了这种心思。当他把徐可穗在日本定制的毛毛熊拿去给她时，她问："你看过信箱没有？"

那一刻，他撒了个谎，说是还没有看。

他为什么要撒谎呢？他不知道怎样去处理这种感情。在他满怀失落从异国回来的时候，他无法马上去回答眼前的另一个呼唤。他害怕受伤，他身体里流着的血，也有脆弱的部分。

那夜离开居酒屋，醉昏昏的三个人摇摇晃晃地回到秦子鲁的饭店房间。从房间的玻璃窗望出去，可以看到东京的璀璨夜色。他倦倦地躺在床上，秦子鲁也躺了下来，柯纯躺在他们两个人中间。他们拉杂地谈到许多往事。谈到成长，他沉默了，他的成长不值一提，甚至是他想永远忘记的一页。

半夜里，他醒来的时候，看到柯纯和秦子鲁在他身边熟睡了，柯纯面朝秦子鲁躺着。他看着柯纯，突然有点鼻酸，她在梦里还是靠近另一个人的。

Channel A

第 十 一 章
天 使 重 来

岁月如飞,
这几个长大了的孩子都有了自己的一首歌、一支舞,
迈向最烂漫的青春。
拥有的时候不曾好好珍惜,失去的时候却又深深怀恋,
这正是我们每一个人都会犯的错吧?

儿科病房今天忙得不可开交，林希仪终于看完了最后一个病人，是个摔断了腿的小女孩。写好报告之后，她回到休息室，匆匆脱下身上的白袍，走出医院，跳上一辆出租车。

　　中环添马舰的空地这一夜布置成大大小小的几个帐篷，璀璨的灯光与夜色辉映。帐篷里坐满了观众，索拉奇艺坊的表演已经开始了，林希仪悄悄钻进场里。

　　她知道杜飞扬会随团来香港。徐可穗两星期前就跟她通过电话，趁着杜飞扬回来，他们打算一起吃顿饭，大家见面叙旧。除了柯纯和秦子鲁不在香港之外，其他人都答应了，地点就在叶念菁去年开生日派对的那家意大利餐厅。大家便约好一起去看最后一场演出，但她那天要值班，所以她独个儿来看首演。

　　她在场刊里找到杜飞扬的照片，他是团里唯一的中国人。照片中的人，脸上带着容光焕发的微笑，皮肤晒得黝黑，跟从前那个孤僻苍白的小男生已经不一样了。记忆已然模糊，早就被时间一小口一小口地侵蚀了。杜飞扬留给她的，只是一个印象，要仔细去描述当时的他，已经不可能了。他也不记得当年那个小女孩了吧？她用手理理凌乱的长发，在黑暗中擦了点口红。她没想到再见的这一天，她连把自己打扮得漂亮一点都来不及。

　　就在她擦口红的时候，杜飞扬蓦地从天而降。他身上穿着银色的舞衣，脸上擦了厚厚的粉，露出一头黑发，在舞台上凌空飞跃。林希仪仰头看着他摄人心魄的演出。一瞬间，她不禁怀疑眼前的一切是否真实。在一个大帐篷里，身边响着奇幻的音乐，台上是一个个把脸涂得古灵精怪的小丑，她的初恋情人成了马戏团里的空中飞人。是梦吗？还是她在梦里做梦？

在观众的掌声和欢呼声中，杜飞扬俯冲着滑过半空，一双黑色的眼睛朝她抬起来，在一个微小的时刻里，一张汗津津的脸朝她微笑，那一刻，她明白自己不是做梦。那是重逢的微笑。

她在后台的帐篷外面等着，杜飞扬走出来的时候，已经卸了装，换上了便服。

"你一点也没变啊！"他说。

"是吗？我还以为我变漂亮了，原来还是丑小鸭。"

"你从来也不是丑小鸭。"他说。

她朝他看，他长得很强壮，比她高出大半个头来。

"这些年来，你到底吃了些什么，长得这么高。"她笑着问他。

他咯咯地笑了："还以为你们约好来看最后一场。"

"那天我要值班。"

"你在哪里上班？"

"我在医院里当实习医生。"

"很有本事啊!"

她窘迫地笑了笑:"我真怕自己成为庸医!其实我从没想过当医生。"

"那你为什么念医科?"

"也许是出于虚荣吧!"她说。

"你为什么会加入马戏团?"她问。

"这是我的梦想。其实我也想成为体操运动员的,但是压力太大了。我喜欢把欢笑带给别人,而且我喜欢这种流浪的生活。"

"你妈妈不反对吗?她是很希望你成为钢琴家的。"

"她起初气得半死,后来也拿我没办法。你还溜冰吗?"

她摇摇头,说:"一年前放弃了,我根本抽不出时间练习。"

"那很可惜!"

"没办法!有时就是要舍弃一些东西。"她抬头朝他微笑,微笑里有无奈。

一辆旅游车在帐篷外面停下来，团员陆陆续续上车，准备回饭店休息。

"我要走了，星期一晚见。"他说。

"你知道地点吗？"

"是不是奥卑利街？"

"你知道怎么去吗？"

他回头微笑说："我是在香港长大的。"

她目送他上车。车子缓缓开走，他贴着车窗向她挥手，她也向他挥手。就在那一刻，她在他脸上看到从前那个杜飞扬。我们都以为自己改变良多，而其实，许多东西还是没有改变。

车子远远离开了帐篷，童年回忆却像魔幻般重现，提醒她，她曾经多么热衷溜冰，一如杜飞扬热衷流浪。

可是，她太累了，她的眼皮已经重重地垂下来。

第二天早上在自己的床上醒来的时候，她看见妈妈把洗好的衣服放进衣柜里。

"你衣袖上有血迹呢!"妈妈说。

"是病人的血。"

"你昨天一定很累吧!你在沙发上睡着了,是我和爸爸把你抬到床上的。"

"是吗?"

"我的手还有点酸呢!"妈妈说。

"爸爸呢?"

"回店里去了。"

"我昨天见到杜飞扬了。"她说。

"那个弹钢琴很棒的男孩子?"

"嗯。他在马戏团表演,就是那个索拉奇艺坊。"

妈妈瞪大了眼睛:"表演什么?"

"空中飞人!很传奇吧?"

妈妈摇了摇头,不知道说些什么好,这是她不能理解的一种传奇。自从妹妹过身之后,这个家总是缺少了一点什么似的。妹妹的东西,还完完整整地给保存着,用来养绿鹦鹉的鸟笼也还留着，有些东西，却一去不回了。

回到医院病房里，她去看昨天摔断了腿的那个小女孩。小女孩的左腿上了石膏，郁闷地躺在床上。

"要我在石膏上面签个名吗？"林希仪逗她。

"随便吧！"她噘起嘴巴。

"你是溜冰时摔断了腿的吧？"

"嗯。"

"是初学吗？"

"才不呢！我已经学了三年，下个月还要参加比赛呢！现在不能参加了！"小女孩眼睛都红了，很想哭的样子。

"我以前也溜冰，也试过摔断腿，没关系的。"

"你也溜冰吗？"

"看不出来吗？我是学界冠军，代表过香港参赛的。"

"真的？那你为什么不再溜冰？"

"我太忙了。"

"我希望能够成为职业花样滑冰运动员。"女孩向往地说。

她把报告板挂在床边，对女孩说："你很快便可以再溜冰。我明天再来看你，到时候要开心点。"

"医生姐姐——"

"什么事？"她回过头去。

"可以帮我签名吗？"女孩问。

"当然可以！"林希仪在石膏上签了名，旁边画上一双溜冰鞋。这个签名，她曾经练习过好一段时间，想象将来成名了，要为很多人签名。

离开病房的时候，她突然感到一股莫名的沮丧。妹妹在生的时候，她常常跟妹妹比较。妹妹不在了，她却仍然跟妹妹比较。她以优异的成绩考上医学院，为的是向父母证明自己。这真的是她的梦想吗？假如妹妹还活着，她的努力是否也将会是徒劳？跟一个已经远远离开了人间烟火的人比较，正是她常常感到挫败的原因。看到杜飞扬自由地选择了自己的生活，她真有那么一点点的忌妒。难道她的命运除了比较和忌妒之外，便没有别的？

这天晚上，在奥卑利街的意大利餐厅里，儿童合唱团以前的同学都来了。何祖康刚刚出了一本漫画，卖得很好，给他们每个人送了一本。孟颂恩做电影配乐的工作，生活看来并不稳定。叶念菁比他们小几岁，还在念音乐，梦想当指挥家。叶念菁的初恋男朋友朱哲民也来了，两个人见面时有点尴尬。朱哲民刚刚大学毕业，还在找工作。杜飞扬选择了跟着马戏团到处为家。同学之中，只有她一个人看起来最踏实，以后几十年的人生好像都已经安排好了，不会出什么岔子，但也不会有什么惊喜。

大家都在等徐可穗和荣宝。等待的时光里，他们围坐在一张长餐桌前面。

"除了叶念菁，大家都没怎么变。"杜飞扬说。

各人当然不同意了，每个人都觉得自己跟去年已经不一样。

"是的，好像是我变得最多。"叶念菁吃了一口西芹说。她说这话时眼睛瞟向朱哲民那里。

"你打算找什么工作？"何祖康问朱哲民。

"也许，"他窘迫地说，"会在亲戚的贸易公司帮忙。"

"有人知道苏绮诗在哪里吗？"孟颂恩问。

"听柯纯说，她在东京念书，毕业后打算当面包师。"叶念菁说。

"原来她在日本。"何祖康说。

"那柯纯呢？"孟颂恩问。

"她被公司派去了罗马。"叶念菁说。

"秦子鲁呢？"林希仪问。

"这就不知道了。"

"我们马戏团明年冬天会去北海道札幌演出。"杜飞扬说。

"假如我们明年在北海道聚头，不是很好吗？"孟颂恩说。

"好啊！可以赏雪。"叶念菁说。

"对呀！说不定可以再去东京玩几天。"何祖康说。

"你会来吗？"杜飞扬问林希仪。

"不知道到时候能不能请假。"她回答说。

"我们应该每年相聚一次。"孟颂恩说。

"直到我们一把年纪？"林希仪笑笑说。

"这也不错吧？永远有一个明年今日的约会。"杜飞扬说。

"可是，最没可能每年出席的是你！你的马戏团经常到处去。"

就在这个时候，徐可穗来了。

"你是发起人，竟然迟到！"孟颂恩说。

"对不起。"徐可穗没精打采地说。她看起来心事重重。

"荣宝呢？不是说荣宝也会来吗？"孟颂恩问。

"他不来了，他不在香港。"

徐可穗拿了一杯白酒，啜饮了一口，脸上有了点笑容，说："我们来吃饭吧，我都快饿死了。"

徐可穗从小到大都是那么情绪化，林希仪也就不觉得有什么奇怪了。餐厅里飘荡着那支 "What A Difference A Day Makes"（《多么不同的一天》）。她坐在杜飞扬身边，听他说着马戏团里的趣事。他真的不一样了，不再是那个溜冰时偷偷在后面吻她的、羞怯的小男生。岁月如飞，这几个长大了的孩子都有了自己的一首歌、一支舞，迈向最烂漫的青春。她忽然思念起她那可怜的妹妹，她只有童年而看不见自己的青春，她那支舞，还没能够跳到最后一刻。

"你没事吧？"杜飞扬体贴地问她。

拥有的时候不曾好好珍惜，失去的时候却又深深怀恋，这正是我们每一个人都会犯的错吧？

"我们来唱《本事》好吗？忽然很想唱这首歌。"徐可穗说。然后，她首先带头唱：

记得当时年纪小

我爱谈天你爱笑

有一回并肩坐在桃树下

风在林梢鸟在叫

我们不知怎样困觉了

梦里花儿落多少

多少年了，熟悉的歌声在小小的餐馆里萦绕，唤回了几许童稚的记忆。

每个人都带着纯真的回忆依依道别，相约明年再见。若有可能的话，将在札幌。

林希仪陪着杜飞扬走路回酒店，他们肩并肩穿过深深的夜色。

"你妹妹呢？她好吗？"

"她不在了。"

他惊诧地望着她。

"是脑癌，十二岁那年离开的。"

"对不起。"

"你还记得吗？她是叮当，我是大雄，你是技安。"

"当时我是不情不愿地当上反派的。"

她笑了："技安其实也不是坏人。他们都是小孩子，而且从来不用长大，不用上班，真令人羡慕。"

"你什么时候走？"她问。

"演完最后一场之后便会离开。"他说。

"下一站呢？"

"我们要去拉斯维加斯。一个富商在那里举行婚礼，邀请我们表演。"

"那很昂贵啊！"

"听说要花几百万美元。"

"那一定很难忘了。"

他们走进饭店大堂的时候，几个马戏团的团员刚好也从外面回来。一个棕发的女孩走到杜飞扬身边，朝林希仪微笑。

"让我来介绍，我女朋友苏珊，她是法国人。这是林希仪。"杜飞扬说。

苏珊就是那个跟杜飞扬一起表演空中飞跃的杂耍员。

林希仪愣住了片刻。她怎么没想到他应该有女朋友呢？是个志同道合的人，那就更难得了。

"希望明年可以再见。"杜飞扬说。

"嗯！"她点了点头。

回家的路上，一种想溜冰的欲望从她身体往上升，一直升到她的肩膀去。她折回头，跑到溜冰场。

她从储物柜里拿出一双溜冰鞋。这个储物柜，教练一直为她留着，什么时候她想再溜冰，随时可以回来。教练说，她很有条件成为职业花样滑冰运动员，但她放弃了，她说她的梦想是当医生。她到底要骗谁？

她换上了溜冰鞋和舞衣，趋身在冰上乱转。妹妹曾经告诉她，地球会微微升起，迎接我们迈出的每一个脚步。她想起那时喜欢上杜飞扬，今天当上了实习医生，所有她做的一切，无非都是出于虚荣。她唯一能为自己申辩的，是这样的虚荣也无非是一种纯真的虚荣，企求获得赞美和肯定。她可怜的希望已经实现了，一种固定的生活在等她。要是杜飞扬没有回来，她也许对将来的一切甘之如饴。可是，他带回了童年的诗韵，重新唤回了她梦想的舞蹈。

她放慢了身子旋转，观众席上有一盏灯，闪着亮光，她看到了她早逝的妹妹坐在那儿。妹妹那双慧黠而世故的眼睛向她辉映着，告诉她：人啊！要认识你自己。

　　她感到眼泪涌上了眼眶，她终于明白，上天不曾忽略她，妹妹是为她而生的。明年今日，她要踩在冰上，舞出她心里的天堂，在那里，爱的存在是坟墓隔不开的。

Channel A

第 十 二 章
最 后 的 电 邮

爱欲里面，
包含了狂喜和毁灭，
全都在这一夜之间发生。

对街一幢公寓的灯在夜色里亮着，一个女孩在窗边吹着长笛，柯纯久久地望着那个孤单的剪影，她听不见遥远的笛声，只能从女孩的动作猜想她在吹的是一阕思念之歌，一个失落的爱情故事。

她把要带到罗马去的衣服一件一件叠好，放在行李箱里。上司让她选择在那边停留三个月或一年，她毫不犹豫地选择了一年，不是为了更优厚的薪水津贴和前途，只是突然就想离开。要带走的东西太多了，房间里的东西都给翻了出来，她在一堆乱糟糟的东西里找到一本旧相簿，是以前跟着儿童合唱团到外地表演时拍下的相片。十四岁的时候，她已经去过了英国、荷兰、澳大利亚、美国、捷克、西班牙、德国和俄罗斯。她翻到其中一页，那是他们全体在维也纳歌剧院前面的留影，秦子鲁就站在她身后，双手搭着她的肩膀，两个人笑得眼睛眯成了一条线。她早就习惯了飘摇不定的生活，离别也不过是生活的一部分；只是，长大后的离别多了一分不舍。像上次去日本，这一次去罗马，跟从前的心情是不一样的。跟秦子鲁重逢之后，许多情怀都不一样了。

她曾经以为，有一天，她会跟秦子鲁一起重游罗马。他们不是在特莱维许愿池各自抛过一枚铜板吗？那一幕盈盈在眼前，却只有她的铜板应验了那个古老的传说。

对街公寓的灯熄了，女孩的身影隐没在黑暗里，柯纯想要去睡了。床边的电话响起，她拿起话筒，电话那一头传来秦子鲁的声音。

怎么会是他呢？难道他知道她要离开？

"你睡了没有？"

"我睡了。"她说。

"我刚刚录完唱片的最后一支歌。"

"顺利吗？"

"嗯。"

"我——"他的声音有点窘迫。

她不说话，等待着他说下去。上一次，她的电话响起，对方在她接电话之前就挂断了，那是个匿名的电话号码，她知道是他。那时他们正在冷战，她等待着他再一次打来，可是他没有。

"我们见个面好吗？"他问，然后他说，"我已经在你家楼下了。"

她连忙走到窗边，看到他从车上走下来，朝她的窗子抬起头，跟她挥手。

"你来干吗？"她对着话筒说。

"你可以不下来的。"他说。

"那我继续睡觉好了。"她把电话挂断，关掉房间里的灯，躲在窗边偷偷看他。他怅然地收起电话，靠在车子旁边。她转过身去，靠着墙，一种想跟他说再见的渴望从她心底升起。

她拨通了他的手机。

"你为什么还不走？"

"我在等你。"

"谁说我会见你？"

"你总会出来的吧？"

"也许是明天早上，我不知道是什么时候。"她故意气他。

"没关系，我有时间。"

"你终于有时间了吗？"她讪笑了一下。

"如果你还不下来，我会开始唱歌。"

"请你别扰人清梦。"

"那我唱摇篮曲。"

"你并没你自己以为的有那么多歌迷。"

"你不喜欢听我唱歌吗？"

"当然不喜欢。"

"那么，你一定会阻止我唱歌，对吗？我现在开始唱了。"

秦子鲁果然在街上唱起歌来。他的歌声在夜里特别嘹亮，在她的窗外萦回，她连忙穿上外套走到楼下去。

"你终于肯下来了。"他朝她粲然微笑。

"你不是说要唱摇篮曲的吗？"

"你想听吗？我现在就唱。"

"要唱就唱离别之歌吧，我明天要走了。"

"你要去哪里？"

"罗马。"

"是出差吧？"

"不，是过去那边的分公司工作，要去一年。"

"去这么久？"他一脸失落的神情。

"我单身一个人，无所谓，何况，罗马是个很美丽的城市。我在特莱维许愿池掷过一枚铜板，想看看还在不在。"

"你怎么认得出来？"

"你怎知道我认不出来？"

"为什么不告诉我你要走？"

"我们又不是什么关系。"她幽幽地说。

沉默了良久之后，他问："明天什么时候走？"

"晚上。"

"要我送你去机场吗？"

"不用了。"

"你还在生我的气吗？"

她久久地望着他，不能掩饰心中的难过和眼中的潮湿。

"不要因为我离开而觉得需要我。"她说。

"不是这样的。"他解释。

"我们根本连开始的时间都没有，我不想做你的钟点女朋友，永远不知道你什么时候可以见我，可以陪我。而且，你将来的时间只会更少。"

"三个月后，我要到佛罗伦萨拍一个广告片，片子拍完之后，我来罗马找你好吗？我们在特莱维许愿池见面，我也想看看我的铜板还在不在。"他说。

"我不想到时候又失望。"她说。

"我们再尝试一次好吗？如果这一次仍然失败，起码我们也尝试过。"他朝她深情地看。

她无法拒绝这样一个要求。

"我写电邮给你。"他说。

"一封就好了，告诉我你什么时候到罗马，我们什么时候见面。这段时间里，我也只会写一封电邮给你，其他时间，我们不要用任何方法联络。我不想到头来见不到你，会有更大的失望。让我们再见那天成为起点，或者终点吧。"她说。

他点了点头，朝她抬起眼睛，嘴上带着幸福的微笑，表示他懂得了。

她转过身去，心里充满了暧昧的甜蜜和不确定的希望。

重逢的地点由她来决定，她却仍旧是等待的那个人。每一段爱情都有强者和弱者，从一开始就注定了。她知道她是这段爱情的弱者。弱者不是处于下风，她只是更期待的那个人。幸好，她说好了见面之前不要用任何文字和口头联络，她宁愿怀抱着一个重聚的希望。

在罗马的日子，除了上班之外，她一个人带着旅游书几乎游遍罗马，就只是不去特莱维许愿池，那是两个人去的地方。她不知道，彼此离别后，他是否也在天涯远处等待这一天，是否同样怀抱着深深的期待。每一天，她总会打开电子邮箱，看看有没有他的电邮。

终于，她收到他的电邮。

纯纯：

我的广告片在一月七日完成，当天我会从佛罗伦萨到罗马，我们六点钟在许愿池见面好吗？你会来的吧？

想念你。

子鲁

她在浴室的镜子前端详自己，拜意大利面和比萨所赐，她好像长胖了一点。每次吃饭，她总是告诉自己明天要少吃一点，明天却有无限长，就这样一天天押后，她真懊恼。

这一天下班之后，她穿上上星期狠下心肠买的一件名牌大衣，独个儿挤上一辆往特莱维许愿池的公车。现在是意大利的隆冬了，她戴着羊毛帽子和手套，下车的时候，一阵冷风吹来，她把脖子缩在衣领里，轻快地走着。

特莱维许愿池旁边挤满了游人。她找到了从前那个卖炒栗子的摊子，卖栗子的依然是个老人，可是，她已经不认得是不是当天那一位了。她嗅着香香的栗子，想着待会儿要跟秦子鲁一起吃个痛快。

她靠在许愿池旁，叮叮咚咚的声音在她身边此起彼落，游人们纷纷把手上的铜板抛到池水里，当中又有多少人会重来？她蹲在池边看，池底铺满了厚厚一层又一层的铜板，她不知道她那枚铜板是不是也在里面。秦子鲁说得对，她怎么能够认得出她那枚铜板呢？

入夜之后，游人愈来愈多。她饿坏了，在附近买了一片西红柿比萨，坐在许愿池的石阶上，哼着他的歌。他应该在途中了吧？在隔别的日子，她多么想念他，多么想破坏自己定下来的那条可笑的规矩。

拍完最后一个镜头，司机送他去机场，从佛罗伦萨往罗马的飞机已经起飞了，秦子鲁只能等下一班机。离别的这段日子里，他常常想起柯纯，不知道她那封电邮会在什么时候写。他希望她首先破坏两个人的约定，那么，他便可以知道她的近况了。

在离别的日子，他对她的思念从未间断。她治疗了他心底的荒凉。因为她，他不再害怕像他爸爸那样，半辈子后才发现自己爱错了人。他想和她好好开始。

飞机徐徐降落，他匆匆从机场走出来，司机已经在外面等他了，是个年轻的意大利人。

罗马的天气很冷，他钻上车，在蒙霜的窗子上呵气，透过霜花消融的孔隙朝外窥看。车子在公路上飞驰。他已经迟了很久，柯纯会以为他失约的。他不断催促司机开快一点。

夜渐深了，卖炒栗子的老人开始收拾摊子，她连忙走上去。

"栗子卖光了吗？"她问。

"不，这么冷了，我要早点回家睡觉。"老人说。

"那请你给我一包栗子。"

她本来想等秦子鲁来到才买的，现在唯有先买。她付了钱，把栗子藏在大衣底下，用体温温暖着。

夜深了，游人零星落索，她蜷缩在自己的大衣里。重逢的方式由她来决定，可她仍然是期待落空的那个人。她不禁笑话自己，笑话眼下这个处境。她有多么傻呢？竟然想要延续那早已翻过去的一页，竟然以为那段初恋还能够有一个更好的完结篇。秦子鲁并不是她期待的人，他不会来的。她冷得直哆嗦，眼皮疲倦地垂下，怀里的栗子已经凉了。

"叮咚！"

她听到一枚铜板掉落的声音，赶紧回过头去，看到一个小女孩将一枚铜板抛到许愿池里。女孩的年纪看上去就像当年的她，所有的失落都忽然涌上眼睛。爱欲里面，包含了狂喜和毁灭，全都在这一夜之间发生。她站起来，把身上的栗子抖落在地上，鸽子会来啄食，吃的是她的青春年少梦。

她失神地离开了许愿池。吹了一夜的风，她几乎冻僵了。这天晚上的约会，她永不会说与人听，这是个耻辱。她招了一辆出租车回公寓去。她坐在车上，车子在路上飞驰，她眼里浮着泪光，终于没有流出来，停了又停，反而渐渐消退了。她把手插在口袋里，口袋里有两枚铜板。这两枚铜板，一枚是她自己的，另一枚是给秦子鲁的，她想再一次跟他一起抛铜板，然后在某年某天重来。这样的心事已经跟这个夜晚一起坠落和破碎了。

车子经过斗兽场，朝她的公寓驶去。她想起离家前的那个晚上，对面公寓的女孩在吹长笛。她看到的只是个剪影，那会否根本就是她自己的影子？她用爱情之笛为他奏一支小夜曲，可是，他缺席了。他也将从此在她的人生缺席。

回去之后，她写给他最后也是唯一的一封电邮：

　　我不是早跟你说过吗？许愿池是起点，也可能是
终点。现在看来，是终点了。不要再找我。

　　她调了一杯血腥玛丽，洒下一汪洋的辣汁，一口喝下去，
辣得眼泪都涌出来了。

　　车子在公路上狂飙，沿路是眼看不尽的古迹，是他年少时
在书上读过的、那些久远的历史。跟儿童合唱团来的那一年，
他还没有这种感觉，那时，他对爱情似懂非懂。
　　他看了看手表，快要到了，他希望她还在等他。斗兽场就
在百米之遥，司机突然加速，就在拐弯处撞上另一辆迎面而
来的车。他的身体颤抖哆嗦，整个人翻了出去，一个巨大的声
音在他身边响起，他看到自己的身体坠落和破碎。就在那一瞬
间，他退回到他的童年去，退回到那些不想长大的日子，他看

到了柯纯的微笑和安妮的叛逆。他再也听不见那些他唱过的歌了，他所走过的路在他无可寻觅时还将存在下去，他依稀看见他作为一个孩子千真万确的一刻。那些日子，他有些早熟的忧郁，相信自己会在二十五岁之前死掉，没想到这竟然是他的宿命。

图书在版编目（CIP）数据

我们都是丑小鸭 / 张小娴著 . -- 长沙：湖南文艺出版社，2020.7

ISBN 978-7-5404-9688-3

Ⅰ . ①我… Ⅱ . ①张… Ⅲ . ①长篇小说—中国—当代 Ⅳ . ① I247.5

中国版本图书馆 CIP 数据核字（2020）第 091878 号

上架建议：畅销·小说

WOMEN DOU SHI CHOUXIAOYA
我们都是丑小鸭

作　　者：张小娴
出 版 人：曾赛丰
责任编辑：刘雪琳
监　　制：毛闽峰　李　娜
策划编辑：张　璐
文案编辑：王　静
营销编辑：焦亚楠　刘　珣
封面设计：介末设计
版式设计：梁秋晨
封面插画：Eve-3L
出　　版：湖南文艺出版社
　　　　　（长沙市雨花区东二环一段 508 号　邮编：410014）
网　　址：www.hnwy.net
印　　刷：三河市兴博印务有限公司
经　　销：新华书店
开　　本：875mm × 1230mm　1/32
字　　数：107 千字
印　　张：7.75
版　　次：2020 年 7 月第 1 版
印　　次：2020 年 7 月第 1 次印刷
书　　号：ISBN 978-7-5404-9688-3
定　　价：42.00 元

若有质量问题，请致电质量监督电话：010-59096394
团购电话：010-59320018